U0727820

东北流亡文学史料与研究丛书·研究卷

东北流亡作家的整体性审美追求

谢淑玲 著

北方联合出版传媒(集团)股份有限公司
春风文艺出版社
·沈阳·

主　编　张福贵
研究卷主编　韩春燕

图书在版编目（CIP）数据

东北流亡作家的整体性审美追求/谢淑玲著. —沈
阳：春风文艺出版社，2020.3（2024.1重印）
（东北流亡文学史料与研究丛书）
ISBN 978 - 7 - 5313 - 5559 - 5

Ⅰ．①东… Ⅱ．①谢… Ⅲ．①现代文学 — 文学美学 —
文学研究 — 东北地区　Ⅳ．①I209.93

中国版本图书馆 CIP 数据核字（2020）第 023713 号

北方联合出版传媒（集团）股份有限公司
春风文艺出版社出版发行
沈阳市和平区十一纬路 25 号　邮编：110003
河北浩润印刷有限公司印刷

责任编辑：姚宏越　刘　维		责任校对：曾　璐	
封面设计：马寄萍		幅面尺寸：155mm × 230mm	
字　　数：153千字		印　　张：10.5	
版　　次：2020年3月第1版		印　　次：2024年1月第2次	
书　　号：ISBN 978-7-5313-5559-5			
定　　价：49.80元			

目　录

第一章　绪　论

第一节　东北流亡作家形成的文化积淀

　　东北在现行行政区域上指辽宁、吉林和黑龙江三省。在历史上，东北的疆域更大，除现在的东北三省，还包括内蒙古自治区东部的一些地区，包括在清代被沙皇俄国所侵占的黑龙江以北和乌苏里江以东的大片领土。这个地区地域辽阔，地处边陲，自古是一个多民族聚居的地区。有满、蒙古、回、赫哲、鄂温克、鄂伦春、达斡尔、锡伯、朝鲜等少数民族。从地理条件来看，地处边陲、大漠莽林、风雪严寒的自然环境练就了东北人顽强、执着的刚毅性格；从生产方式来看，游牧、渔猎为主的经济，养成了团结一致的合作精神。所以，东北地区自古以来一直具有豪侠尚武、多情重义的古朴民风。后来，农耕经济得以发展，由于东北土地肥沃，地广人稀，养家糊口的生存压力较之中原要轻松许多，加之一年长达几个月的霜冻期所带来的农闲，养成了东北人春秋勤劳耕作、冬季闲散安逸的生活节奏，也形成了东北人朴实慷慨、邻里亲近、俏皮乐观、自娱自乐的性格。此外，与关内受儒家文化影响的广大地区相比，东北民间素来少有封建礼教的约束，多情重义的特征使得东北的人际关系相对简单，人直率爽快，但也常常考虑不周、意气用事。正是东北人这种长期形成的民族特性，使得东北的文化呈现了雄健磊落、清新自然、质朴刚忭的格调。

　　东北各民族有许多古老的神话传说。这些神话传说，生动形象地再现了这些民族在形成和发展初期征服自然、战胜邪恶的历史，反映了正义与邪恶、善良与凶狠、真诚与奸诈的斗争过程，表达了各民族人民美好的理想和生存信念，在东北人心中形成了深厚的文化积淀。

东北各民族的神话传说，充分表现了各民族的个性。如《天池》神话记载了长白山的火山喷发和天池的形成过程。传说在上古时期，长白山每年都喷出万丈大火，烧尽一切生灵，日吉纳姑娘请风神吹灭大火，但风越吹火越大；日吉纳又去请雨神浇灭大火，但雨落火中化为雾气，火势还是不减；日吉纳又去请雪神降雪灭火，但雪化水蒸，火山照样喷发。最后日吉纳向白天鹅借了一对翅膀，飞上天庭，请求天神帮助灭火。天神给她一块最冷最冷的大冰块。日吉纳带着冰块投入火海，把火魔冻僵了。火山停止了喷发，变成了现在的天池。

这则神话不仅讲述了天池的形成和活火山变成死火山的经过，而且歌颂了为民造福、敢于牺牲自我的民族英雄。日吉纳百折不回的毅力和聪明的才智是满族人性格和品质的写照。

满族的发源地盛产人参。关于人参的传说很多，也很动人。人参被形象化，成为心地善良的美女。《红参姑娘》就是有代表性的一篇。传说有个善良厚道的少年，同父亲一道上山挖参。他们发现一棵老参，一挖，人参变成少女，红衣红裤，逃出山口，少年没抓住她；第二年春天又去挖参，这姑娘又跑了；第三年，少年一把拉住姑娘。姑娘恳求说："我已九百九十九岁了，再过一年就是参仙了。你放了我，我将来一定报答。"少年放了人参姑娘。又过了一年，红衣红裤的人参姑娘来了，与少年结了婚，生活富裕而美满。这是表现理想和歌颂纯贞爱情的故事。少年和红参姑娘的善良、忠贞，表现了满族青年男女的美好品格，也表达了满族人民对美好生活的憧憬。

关于人参的传说，在东北流亡作家作品中，有很多表现，有的干脆就写成神话小说。如骆宾基的《蓝色的图们江》。

蒙古族的神话传说反映了原始蒙古族人放牧狩猎的生活方式，表现了他们征服自然、战胜邪恶的美好理想和胜利信心。《英雄古那干》是一篇英雄传说，富有传奇色彩。主人公古南乌兰巴特尔为民除害，左手扑灭东方的妖精，右手扑灭了西方的魔鬼，有惊人的膂力和超人的智慧。古南乌兰巴特尔的形象是蒙古族人民理想的化身，妖精和魔鬼是社会邪恶势力的写照。蒙古族神话带有稚朴的"野"性，具有永久的魅力。

朝鲜族历史悠久、文化发达，创造了丰富多彩的神话传说。在这些神话传说中，最能反映民族习俗和美好理想的是那些描述自然景观和文化遗迹的，解释民俗源起的和动物、植物的物性特征等方面内容的。比较有代表性的篇章是《红松与人参》《金达莱》等。

《红松和人参》叙述了一个生动而悲壮的爱情故事，表现了朝鲜族人的纯贞、刚毅性格和美好理想。长白山下的一个山沟沟里，住着一个小伙儿，名叫红松。红松父母双亡，以打短工和卖柴为生。二十多岁没有娶妻。一天，红松进山打柴，发现了一株人参。按习惯，人们只要发现人参就马上将其挖出来，因为那是值钱的宝物。而善良的红松却在心里想，让它再长一年吧，也许会长得更大更美。他用红绫小心翼翼地系在人参的茎梗上，生怕把它弄坏了。第二天，他到另一个山沟去打柴，又发现一株人参。茎梗上系着红绫，分明是昨天那个山沟沟的人参，可怎么跑到这儿来了？小伙子呆然望了一会儿，用手轻轻地摸它的叶片……突然，人参自己从地里出来。红松惊异地将它捧起来，仔细看来，它长得和女孩一模一样，白白的，胖胖的，可爱极了。他把它带回家，放在柜里。又过两天，红松打柴归来，发现小茅舍里非常亮堂，进屋一看，一个举世无双的美丽姑娘，脖上系着红绫，扑闪着大眼睛微笑着向他迎来。

红松娶了参女。不久一个有钱有势的无赖把红松叫去，要求他把欠债立刻还清。红松说没有钱，财主说："人不是钱是什么？"红松回家与参女商量，参女非但不忧愁，反而高兴地说："就到我千年居住的天下名胜长白山去吧。"他们连夜逃上山去，后面追赶的人也到了，参女微笑着让红松站好，吹了一口气，红松变成一棵粗壮挺拔的大松树，参女又变成人参，依偎在红松身边，把根深深扎进泥土里。

据说长白山上盛产的红松和人参就是他们繁衍的子孙。

故事优美动人，人物性格鲜明，红松的勤劳、善良、朴实，参女的美丽、纯贞、聪慧，都给人留下了深刻的印象。表现了朝鲜族人民在严酷的现实环境里对美好事物的憧憬。

在东北，萨满教影响很大。鄂温克族人认为，在太阳升起的地方，曾有一位白发苍苍、身体硕大的老妈妈，她就是萨满（神）。在东北的少数民族中，信萨满神教的人很多，他们把萨满看作是唯一的至高无上的威力巨大的神，认为是萨满将最初同宿山间洞穴、同食山上青草的人类与动物分开，给人类以智慧和本领，并生育和哺育了人间最初的幼儿，这就是最早的人类。萨满是人类及万物的创造者又是人类的保护者。

神话《伊达堪》讲述了火神的故事。一个法力无边的女萨满，名叫米凯斯克，能驾驭大火。她带着大鼓、法衣、神镜、木杖和香料等，在十车木柴的大火中跳舞并隐身。当人们惊疑和担心之际，只见各种物品从火中飞出，她自己也跃出火堆。

这是歌颂萨满的神话，也表现了鄂温克族人战胜火灾的愿望。

关于萨满教，东北流亡作家的作品中也多有表现，这也从另一个方面，说明了文化积淀对作家的影响。

关于太阳和月亮，达斡尔族人有自己的解释：太阳是一位刚健有力的男人，他光芒四射、威力无穷，每天早晨从东方出来，环视广阔的大地，从东到西，每天一次；而月亮则是一个娇弱文雅的女人，她一个月才能走完太阳一天所走的路程，所以它一个月只有一次又圆又亮。

达斡尔族人也认为，人是天神造的。天神用泥土捏了许多人，男男女女，各有不同，但身上的污泥却永远洗不净、擦不完。忽然，天下起雨来，天神急忙收拾这些泥人。忙乱中，有些泥人被碰断了胳臂或腿，有些则碰坏了鼻子或眼睛，所以世上便有了残疾人。

这则传说，制造了天地与泥土的神话。在东北流亡作家的创作中，演化出了浓郁的土地情结。

在赫哲族的古代文化中，民间传说丰富多彩，有关于自然景观的，有关于劳动生活的，有表现人们理想愿望和风土人情的，也有关于民族历史和社会斗争的。《七女峰》就是其中有代表性的一篇。

传说人间有七姊妹，为了寻找象征吉祥幸福的金翅鸟，历尽千辛万苦，最后找到生有金翅膀的祥瑞鸟。七姊妹指引赫哲族人向金翅鸟飞走的方向迁移，因为金翅鸟生活的地方有吃有穿，吉祥如意。她们为赫哲族人找到了幸福，可她们自己却变成了七个石头人。石头人越长越高，耸入云霄，形成了七女峰。这传说故事还有个尾声：每当晴天，人们还能看到最小的妹妹萨丽坤脖子上围着的银狐皮在风中飘动。这尾声表现了赫哲族人们对造福于民族的人的怀恋之情。《七女峰》传说优美动听，表面述说七女峰的来历，实则歌颂了为民族带来幸福的女英雄，也表现了赫哲族群众对美好生活的憧憬。

鄂伦春族的民间传说也十分丰富，又源远流长。有关于鄂伦春族起源的，有关于民族迁徙的，有关于鄂伦春族历史重大事件和英雄人物的，有关于宗教信仰的，内容极为广泛和生动，表现了鄂伦春族自强不息的奋进历程。

相传开天辟地以后，兴安岭这个地方没有人类活动，后来有个叫恩都力的勇士，他有化万物为生灵的本领。他看见天上有太阳、月亮和星星，又看见地上有山川草木和飞禽走兽，就用鸟的骨和肉，做了十个男人和十个女人，后来又做了一百对男女，他们的后代就是鄂伦春族。

东北各民族的神话与传说流传多年，作为东北文化积淀的一个方面，为东北人个性气质和地域精神的养成提供了丰富的养料。

在东北这块肥沃的土地上，东北人按照自己的生存方式平静地生活着。然而，东北人日出而作、日落而息的平静生活从20世纪初开始为外族侵略所打破，日俄战争在东北的大连旅顺口爆发，东北人无辜丧命无数，日俄战争最直接的后果是日本对中国东北的控制稳固了其对朝鲜的统治。到了1931年，爆发了九一八事变，从这一天起，东北父老乡亲沦为亡国奴，东北成为遭受日本帝国主义统治十四年的殖民地。

"九一八"之前，东北文学在关内新文学影响下也有萌发，其中东北各大报上出现的闻一多、徐志摩、郭沫若等众多诗人的作品对东北文学影响很大。1927年，萧军正在吉林陆军三十四团骑兵营当兵时，就接触到知名诗人徐玉诺，他是从徐玉诺那里听说了鲁迅的《野草》的。东北的奉天（今沈阳）是当时东北文学最活跃的地方，创办刊物、协会、诗社等文学举动也引起过文学界的注意。但是，作为边疆的东北毕竟是闭塞的，东北文学充其量也只能影响东北。但"九一八"以后就大不一样了。日本侵略者的铁蹄践踏了东北，日本侵略者的刺刀刺向了东北人民的心窝，这从天而降的灾难夺走了东北人赖以生存的土地和亲人。国恨家仇，为东北作家的创作带来了痛苦的情感积聚，而日本侵略者的暴行又为东北流亡作家的创作提供了目不忍睹的素材。

第二节　东北流亡作家的构成及形成原因

东北流亡作家是20世纪30年代出现于左翼文坛的文学流派的名称，它不是文学社团，也不是同人组织；没有明确的产生时间，也没有法定的组织成员。它是由一群流亡的东北作家组成的，他们在九一八事变东北沦陷后流亡各地，却并没有放弃爱国救国的志愿。因为描写抗日题材，当时被笼统地称为"东北作家们"。1947年，蓝海（田仲济）在《中国抗战文艺史》中第一次提出了"东北流亡作家"的概念。他们感受了相同的亡国奴的流亡生活，字里行间所渗透出来的情感意蕴、特色风格都因此而更加具有沉郁的耻辱感和苍凉的悲壮美。

东北流亡作家的成员主要包括两部分：一部分来自哈尔滨，有萧军、萧红、舒群、罗烽、白朗等。他们投奔关内的时间在1934年以后，这部分成员都参加过"九一八"以后以哈尔滨为中心的革命文艺活动，有的还被拘捕，遭受残酷折磨。另外一部分来自东北其他各地，这些作家大多是流亡到关内以后才正式从事文学创作的，他们离开东北的时间较早，多半在九一八事变发生后不久，有李辉英、端木蕻良、骆宾基、马加、高兰等。这两部分成员从一开始就走上了一条健康的、现实主义的创作道路。他们的作品以其内容上的爱国主义、艺术上的真实性与鲜明的地方色彩显示出共同的特色。

东北流亡作家形成和崛起的原因主要有以下两个。

第一是东北沦陷。有了东北沦陷，才有了东北作家的流亡，才有了流亡的东北作家相同的亡国奴经历。他们亲身体验了被侵略、被奴役，那种无家可归的伤痛和对侵略者的无比仇恨，都从他们的笔端自然地流露出来。而且应该说，同样的感受给了他们同样的渴望，一面是揭露侵略者的暴行，一面是礼赞东北人民的抗争。他们通过自己的切身经历和感受，以其饱含血泪的创作，控诉日寇的暴行，诉说东北人民的不幸，表现东北人民不屈的意志和斗争。这是直接的客观原因。

第二是抗战爆发以后的政治现实向革命文艺提出了创作抗日反帝题材以唤醒民族意识的任务，这也是左翼文学的任务。抗战爆发以后，抗击日本帝国主义成为全中国人民的共同愿望，而东北流亡作家的作品，最早向全国人民介绍日伪统治下的东北社会真相，表现了抗日救国主题，以及中华民族在日本侵略者面前的强烈民族感情和爱国主义精神。东北流亡作家的创作情绪和创作内容，正好对应了左翼文学的要求。众所周知，鲁迅对东北流亡作家的提携和关怀，是其他作家很少享受到的。鲁迅先生不仅为萧军和萧红出版了《跋涉》并为之作序，还鼓励端木蕻良写成长篇《科尔沁旗草原》，骆宾基的《边陲线上》虽然与鲁迅擦肩而过，但写作中也先后收到重病中的鲁迅两次回信，后来这部小说是在茅盾和巴人等左翼进步作家大力帮助下得以出版的。东北流亡作家中的主要作家与冯雪峰、胡风、聂绀弩等左翼文化人也交往颇多。

第三节　东北流亡作家与左翼文学的默契

20世纪30年代中国文坛崛起的最大文学团体——中国左翼作家联盟，作为知识分子的精英群体，表现出对民主自由思想的强烈呼唤，这一点对当时新兴阶级的文学青年产生了极大的召唤和引领作用。但众所周知，左联虽然是一个文学家的组织，是一个群众团体，但始终在中共党组织领导之下开展工作。它从未将其活动局限于文艺的范畴，尤其在民族危亡、阶级矛盾空前尖锐的特定历史条件下，左联毅然把参加实际革命运动放在首位，要求盟员投身政治斗争。从某种程度上讲，参加左联就意味着参加党领导的革命，而参加革命就意味着牺牲。左翼作家为无产阶级文学运动的发展捐躯的大有人在。那么，是什么力量促使东北流亡作家都积极追随左联呢？

一方面，左联的影响的确很大。左翼文艺运动是中国当时唯一的文艺运动。在那个世界性的红色浪潮中，中国的革命文学运动在残酷的风刀霜剑下，得到了异常迅猛的发展，成为主流文艺运动。另一方面，基于东北流亡作家对改变命运的渴望。这些流亡作家具有超出一般作家的民族仇恨，他们的骨子里就有一种复仇和改变命运的心理，他们渴望改变中国被侵略的屈辱现实。而他们的追求与左翼文学恰好形成了默契。

王富仁先生曾在《三十年代左翼文学·东北作家群·端木蕻良》一文中指出："可以说，没有左翼文学，没有鲁迅，就没有东北作家群的产生和发展，就没有中国现代文学史上的这个独立的文学流派和文学现象。正是他们，在中国的文化史上，第一次把在当时东北这块大地上、在日本侵略军的铁蹄下形成的独立的生活体验、社会体验和精神体验带入整个中国文化中来，成为整个中国现代文化的一个有机组成部分。从此之后，中国文化、中国文学才不仅仅是关内的文化、关内的文学，而是关内文化和关外文化的综合体。"他还指出："中国的新文化、中国的新文学通过30年代左翼文学阵营的存在，为东北作家群的创作提供了存在和发展的空间，但东北作家群之与30年代左翼文学也正像沈从文之与30年代的非左翼文学一样，并不是30年代左翼文学在同样一个文化层面、文学层面的推广和普及。它是带着为其他左翼作家所少有的一种自然的素质进入30年代的左翼文学阵营的。在这个意义上，我们与其说中国的新文化、中国的新文学以及30年代的左翼文学赋予了东北作家群以文化的、文学的生命，不如说东北作家群的创作为中国的新文化、中国的新文学以及30年代左翼文学注入了新的生命和新的生命活力。"王富仁先生在这篇文章中还指出："真正为中国的新文化、新文学注入了更饱满、更充沛也更坚韧的民族意识和民族精神的，在30年代，是东北作家群的创作。在这里，我们并不是说他们在'思想'上是多么'超前'的，在'艺术'上是多么'精粹'的，因为他们对于我们，对于广大的读者，不是作为从古代或从外国输入的一种思想形式或艺术方法而存在的，而是作为中华民族现实命运的象征而存在的。东北这块土地是被日本帝国主义以军事侵略的形式霸占了的，他们没有屈服于当时的帝国主义的政治统治，他们的文学作品写的是他们这样一些人的生命的体验，写的是这块沦陷了的土地上的人民的生活命运和思想命运。不难看出，他们的这种存在的形式本身就是一种意义、一种价值，就是中华民族现实命运的一种象征形式。民族意识和民族精神对于他们绝对不是外加的另一重意义和价值，不是他们经过努力才'学习'到的一种思想、理论或本领、才能，而是他们生命存在的形式的本身，是他们身上的一种近乎自然的社会素质。对于文学作家而言，这种自然素质的东西实际上是远比那些有意识地追求着的东西更加重要，更能体现他们的文学作品的实际意义与价值的。"

东北流亡作家的创作与左翼文学之间，有一种天然的吻合。王富仁也指出："这些东北作家并不必有意地追求民族意识和民族精神，他们自身的存在就已经天然地具有这种意识和这种精神。他们的文艺几乎必然地与抗战发生关系，因为他们全部的生活体验和生命体验与当时的反侵略战争发生着千丝万缕的联系，日本帝国主义的军事侵略几乎是无可挽回地将他们个人的实际生活感受和实际生活命运提升到了对整个民族命运的感受和体验的高度上来，他们表现着自己，同时也在表现着我们的民族。他们的最基本的愿望和要求也就是当时整个中华民族的最基本的愿望和要求。在这个意义上，他们以及他们的作品本身就是一种符号，一个信息，一种能够激发起每一个中国人深层意识中的民族意识和民族精神的存在物。"

应该指出的是，东北流亡作家的创作虽然有与左翼文学天然吻合的一面，但与左翼文学相比，东北流亡作家的创作更注重文学性。东北流亡作家特殊境遇中的生命体验所自然具有的文化素质和文学素质，是当时关内知识分子所不易具备的生活体验和社会体验。

第四节　东北流亡作家的研究现状

东北流亡作家在文学史上的被提及与被忽略大致经历了这样的历程：从新中国成立以后到1957年以前，王瑶、丁易、刘绶松所著的几部有影响的中国现代文学史中，几乎都涉及这一重要的文学现象。后来，周扬在第二次、第三次全国文代会报告中，也有"东北作家的崛起"的词句。但再后来，由于种种原因，东北流亡作家作为整体逐渐从文学史中消失，直到1976年以后，还是周扬在全国第四次文代会上所做的报告中，在谈到抗战前后的文学时，有专门的文字论述东北流亡作家在文学史上的地位。到了20世纪80年代以后，东北流亡作家的研究和提及与其他文学流派相比，始终处于被冷落的地位，教材中要么不提，要么蜻蜓点水一笔带过。正如王富仁先生在《三十年代左翼文学·东北作家群·端木蕻良（之一）》一文中所说，左翼文学在当下受到了最严重的冷落，东北流亡作家也就自然被遮蔽了。因为东北流亡作家是在30年代左翼文学的旗帜下逐步走向文坛的。虽然也有像王培元先生、逄增玉先生这样研究东北流亡作家的人，在不断阐释东北流亡作家作品的意义和价值，但已经没有多少人去读这些作品。人们对林语堂、施蛰存、张爱玲都耳熟能详，但不知道端木蕻良、骆宾基，更不知道舒群、马加、罗烽。

近几年来，对东北流亡作家的研究有了新进展，研究者们更注意对东北流亡作家创作风格的探寻。特别值得一提的是，不少东北学者开始研究东北作家，从接受美学的角度来说，东北人研究东北文学有得天独厚的优越性：读者与作者由于地域关系会产生相似的审美经验和审美情趣，读者在阅读文学作品时，容易得到审美愉悦。不管从无功利的审美角度还是从功利的文学研究角度来讲，对东北流亡作家的研究都值得我们做更大的努力，使其向着更深入和更理性的方向发展。

第二章
东北流亡作家的创作倾向

第一节　发自东北地域的声音

在题材、主题、风格诸方面与一般文学相比既有共性，又有个性的文学类型被称为"地域文学"。众所周知，题材的地方性是地域文学的显著标志。东北作家生于东北的大漠莽林，长于白山黑水，这方水土养育了他们的生命，养成了他们的性情，是他们生命中永不枯竭的源头活水，艺术创造的灵感基地。东北的家长里短、传说故事、风土人情，特别是在日伪统治期间百姓所表现出的"对于生的坚强，对于死的挣扎"早已在东北作家心中刻下了深深的印记。一方山水养一方性情，一方性情构筑一方文化；东北流亡作家文学音符所发出的强音，总让人感受到东北情结的震撼。

人们习惯用"黑土地""白山黑水""大漠莽林"等物象形容东北，的确，正是这些富有阳刚之气的物象孕育了东北流亡作家的地域创作心理。

法国浪漫主义先驱斯塔尔夫人在阐释西欧南方文学和北方文学时指出，气候是产生南北方文学差异的主要原因之一，北方地处海滨，土地贫瘠，阴沉，多云，有大风呼啸，多灌木荒原；而南方，则有清新的空气，丛密的树木，清澈的溪流。所以北方容易引起生命的忧郁感和哲学的沉思，但具有独立意志，不能忍受奴役，尊重女性；而南方则因为大自然丰富，感到生命乐趣，感情奔放，不耐思考，和女性往来较少拘束，比较安于奴役，却从气候的美和艺术的爱中得到补偿。

恶劣的自然环境和游牧生活方式，培育了东北人刚烈、勇猛的性格，养成了东北人淳朴的民风；日本侵略者的入侵和统治，造成了东北人沉郁的耻辱感，铸就了东北人强烈的民族反抗意识。生活传统和道德传统，形成了东北人相对固定的审美观念。从审美习惯出发，确定审美趣味从而形成审美选择；从审美经验出发，进行审美判断从而形成创作审美心理。独特的地域文化对东北作家的审美追求产生了重要影响。萧军的"乡村"、萧红的"呼兰河"、端木蕻良的"科尔沁旗草原"、骆宾基的"红旗河"无不在作家的心灵深处刻下过无法抹除的记忆和美好憧憬。而沦为亡国奴的父老乡亲的呻吟、咆哮和逃亡后所见到的灯红酒绿之间的强烈反差，使东北作家感到双重的悲愤。在这种难以承受的遭遇下写出的作品，在人物的选择、情感的触发、景物的描绘等方面，往往表现出强烈的民族忧患意识、浓郁的乡土寻根情结、平凡卑微的人生体验以及孤独者的不懈追求。

黑格尔认为，灵魂的职能是无意识的制造，它为自己造成有机体，意识到自己，把它自己与肉体分开。人的意识不是一蹴而就的产物，而是长期历史发展的结果。它离不开过去的经验背景、知识、一般心理状态对当前知识过程的影响。它要经过感性确定性、知觉、知性、自我意识及理性等阶段。精神分析学派认为，无意识是心理的深层基础和人类活动的内驱力。它决定着人的全部有意识的生活，甚至个人和整个民族的命运。

东北流亡作家流亡到关内前已是成年，他们的意识都早已打上了东北文化的印记。这种形成了的意识，不仅不能随着肉体的迁移而改变，恰恰相反，它会因远离其发源地而愈加牢固和凸显。因此，在东北流亡作家的作品中，读者所看到的是东北的社会风貌、百姓生活，所听到的是东北的自然之声、呐喊之音。有些情节虽然不一定作为作品特色存在，但无论如何都是东北流亡作家创作时难以摆脱的意识流动。

一、土地情结

据说遥远的洪荒时代，地球只是光秃秃的石球，没有生命。经过了多少亿万年的积累，地球上才有了土，有了土，才长出了植物，才孕育了生命。传说中，女娲抟土造人，在太阳下晒干成型并注入灵魂。人们将大地誉为母亲，缘于她的敦厚之性、包容之大、灵气之睿。从古至今，人们对土地的崇拜从未改变。用"社稷"一词来比喻"国家"就足以说明这一点。东北这方黑土地，被作家描绘成"淌着黑色血液的泥土"。广阔的草原会让你感受什么叫一眼望不到边。那看上去一马平川的黄绿相间的大豆和麦子会让人产生悠然恬淡之情；看不到边的玉米和高粱组成的青纱帐，总叫人怀有无限的神秘感；大漠莽林会让人产生原始的冲动。还有那种荒凉和辽阔，被端木蕻良说成夜的鬼魅从这草原上飞过也要感到孤单难忍的。骆宾基在他著名的中篇神话《蓝色的图们江》中，把世间万物生灵说成是太阳和大地的爱情结晶。这一生动的想象透视出骆宾基对"天地人和"文化意蕴的理解。端木蕻良在《我的创作经验》中说，"在人类的历史上，给我印象最深的是土地。仿佛我生下来的第一眼，我便看见了她，而且永远记起了她"。在端木蕻良的家乡有一个风俗，婴儿生下来第一次亲到的东西是泥土和稻草，所以称婴儿生下来了叫"落草了"。土地给了作家一种生命的固执，土地的沉郁使作家热爱沉厚和真实。端木蕻良在《科尔沁旗草原》后记中说："这里，最崇高的财富，是土地。土地可以支配一切。官吏也要向土地飞眼的，因为是征收的财源。于是土地的拥有者，便做了这社会的重心，地主是这里的重心，有许多的制度、罪恶、不成文法，是由他们制定的、发明的、强迫推行的。"在东北流亡作家的作品中，土地是被描写最多的自然环境之一，作品中人物的命运都与土地紧密相关，以"土地"含义命名的作品也不在少数，如《科尔沁旗草原》《大地的海》《人与土地》《蓝色的图们江》《呼兰河传》等。在萧红和萧军的作品中，土地是东北人与日本侵略者拼杀的生死场；在骆宾基的小说中，土地是闯关东者赖以安生的家园；在端木蕻良那里，土地就更成了他父亲家族对母亲家族争夺和霸占的见证。总之，土地滋养了豁达耿直的东北人，更成为东北流亡作家发出沉郁宏阔之声的坚实根基。所谓"地是万年根，有地就有财"。

最能体现东北流亡作家土地情结的要数端木蕻良的创作。他曾在《大地的海》后记中将那种对于土地的深深眷恋之情表现得淋漓尽致：

《大地的海》后记

　　接着《科尔沁旗草原》，我写了《大地的海》。我写的都是一些关于土壤的故事。人类和土壤斗争是一个很长的时间。就以中国来讲，就有四五千年长久的历史。人类有很好的文化，是开辟了土地以后的事。土壤被火燔了，被弄松了，被播种了，土壤才成为人类的。人类从土里寻出马牙石来，用它迸击出火花。又从地里汲出了水，又提炼出铁、亚铅、青铜。知道怎样用土炼成陶器、砖瓦。在土里种麻、棉、高粱、桑树。从这之后，人类的文化才渐渐地抬起头来。

　　但开辟土壤是奴隶的事。家长向他的奴隶们夺取土壤。酋长也向他的奴隶们夺取土壤。后来是封君们向封君们侵夺着。因为谁有土壤谁就是王。然而不满百里者，算是蕞尔小邦。所以必须继续抢夺着，以便加多到千里、万里。诸侯因土壤的攘取而攻打着。帝王以割夺邻国为光荣的业绩。到现在这侵夺随着技术的改进变为更加凶残、猛烈，用炮弹，用商品，用宗教，用毒气……从陆地，从海洋，从天空……那些戴着恺撒的桂冠的或者扶着卐字的符咒的独夫，便以得到并独占土地为其唯一的目的。而每一失去的地面上的人们便被奴隶着，在东方有着卖膏药的浪人们专门掠夺别人的土地。

我的故乡的人们则是双重的奴隶。在没有失去的时候，是某一家人的奴隶。失去了之后，是某一国的奴隶。

然而当主人们在大观园里诗酒逍遥将土地断送给敌人的时候，这些奴隶却想用他们粗拙的力量来讨回！

这呼声，这行进，我的故乡的兄弟的英勇的脚步，英勇的手哇，我愿用文字的流写下你们的热血的流。

抬起含泪的眼我向上望着，想起了故乡的蔚蓝的可爱的天！

我的儿时的游侣，我的表哥们，我的亲生的哥哥，我的发锈的笔没有亵渎了你们吗？

请原谅我文字的拙劣。但看着我的心！

我的兄弟，我的曾相识的兄弟，一样的明月照着我们，而你们却拿着枪杆在高粱林里，我手握着的是单弱的笔杆，在低低的檐下。

你们也没有我这么多的感触吧，你们也没有这些的泪。

跟着生的苦辛，我的生命，是降落在伟大的关东草原上。那万里的广漠，无比的荒凉，那红胡子粗犷的大脸，哥萨克式的顽健的雇农，蒙古狗的深夜的惨阴的吠号，胡三仙姑的荒诞的传说……这一切奇异的怪忒的草原的构图，在儿时，常常在深夜的梦寐里闯进我幼小的灵魂。在那残酷的幻想底下，安排下血饼一样凝固的恐惧和疑问。好像我十分不应该生在这个地方，我对一切都陌生、疑惧。我似乎是走在巨人的林里的一只小羊，睁着不解的眼睛对他们奇怪地看着。这是我的故乡给我亲切的哺乳。这时，我在一个家庭里像一个有趣的玩具似的排在最末一行，他们都比我大，比我知道享受生，运用生，我只睁开一双无所知的眼睛对他们无理解地望着。我看见大地主无餍足的苛索，佃农的悲苦的命运，纯良的心……我对我故乡的理解一切都是惨阴的，这样惨阴的影子永远没有在我眼前拂去，而现在尤其被敌人用我兄弟的血涂得显明了。

这明确的暗示，就浸印在我的血液里，我的美丽而纯良的母亲的被掠夺的身世——一个大县城里的第一个大地主的金花少爷用怎样残酷的方法掠夺一个佃农的女儿——这种流动在血液里的先天的憎、爱，是不容易在我的彻骨的忧郁里脱落下去吧！而父系的这一族，搜索一切的智慧、迫害、镇压，来向母系的那族去施舍这种冤仇也凝固在我儿时的眼里，永远不会洗掉。

而最使我难忘的，是外祖父的那和善的脸，那代表着东北一切老年农夫的脸，慈祥而傲慢，悲哀而倔强。一件打补的大褂，总是穿得干干净净。睁着友爱的眼睛，看顾着大地，而自己又常常微微地唠叨："我就要跟着土去了，我在夜里'吹土'。我就要回到土里去！"那样安详，那样亲切，好像在宣布他和一个久别的老友重聚的消息。他的一点一滴的血都对大地尽责了，他来了，工作了，如今他去了，这就是他没有例外的一生。他们都是这样的。

我常想，这被世界艳称着的沃土；黑色的草原的怒海，该用她悠长的历史吞食了多少善良的灵魂？他们用儿子对母亲的爱来用铲用锄用镰刀来侍奉大地，大地不响着，大地渴了喝他们的血，大地的土壤瘠薄了时，他们将血输送给她。他们就是一柄有血有肉的活犁，被一只罪恶的黑手逼扼着，向前无休止地走。先前是王爷，后来是大帅，大帅之后是少帅，他们把六十元当一元的纸币给他们，又抽他们以重税，最后还把"日之根"海水舀给他们喝。虽然海水是苦涩的，是盐卤的，然而，他们说这是王道，是乐土。

毕竟这些农夫善良得可爱，也凶狠得可爱，他们反抗小鬼的事实，是壮烈的，敌人对他们的恩惠，他们是领教过的。"上大挂"，马鞭子蘸凉水往脊背上抽，从鼻孔灌洋油，"坐火车""擦肋条""挑脚筋"……这一切"文明"与"正义"，以及不久以前朝鲜人被穿起鼻子牵着走的惨象，还清明得不能忘却，他们怎能容忍这黑色的魔鬼的盘踞呢？他们怎能放心将自己娇嫩的儿女托付给敌人的手里呢？为了子孙的命运，他们也要干的，何况他们知道只有那一条才是活路。

冰雪的严寒使他们保有了和从前一般出色的粗犷，复仇的火焰在大地的心中跳跃，长白山的儿子，原不是那么容易去死的，为了生，他们知道怎样去死，热血原是光明的燃料！

啊，倘能有人以天才的笔触，在这广厚的草原上，测出她社会的经济的感情的综合的阔度，再赋以思想的高度和理想的深度，使之凝固，做出那大地之子的真实的面型……我心中伏着悸痛的感激和期待！

但如今我却只能记出他们一些支离的生活的碎屑！

由于我自己本身的穷、独、裸，我的文字是我很好的搭配，它正是先天性的裸、独、穷。但这原是没有办法的事，恳请慈爱的绅士们不要见笑吧。

我本计划着写四个长篇，在情绪上有一贯的发展，在人物上并无串联。

《大地的海》便是四姐妹中的第二个，现在欣幸她有与读者相见的机会。那么就让她收受那最后的审判吧。——谁知道由于过分的稚弱，也许她自承是最初的审判也未可知呢，那还是问她去吧，我不是千年的木乃伊，我不能回答未来的时间所安排下的巨大的指问。

据说耶稣是受磔刑而死的，刑具是一只粗木十字架。两手和足都用钉钉在这上面，必然的，我以为，会流出很多的脓血，也必然的，要有一群嗡嗡嚷嚷的苍蝇来吮吸着，因为天热，汗臭，哮喘，灼伤，痉挛，也总是免不了的。我想既然是"人之子"呢，那免不了也仍然是个血肉之躯。但不知怎的，到后来，无论在人类的想象上或是传教的图片上，却没有了苍蝇，没有了脓血，只看见十字架焕发出神圣的洁光！后来竟尔是单纯崇拜了这亵渎的刑具，而不见了血肉模糊的耶稣了。一切是光荣，一切是应该如此，一切得受赞美的了！

我每一想起，就毛骨悚然，这是刑具的胜利。

人们是惯于带着吟咏的意味去推敲或句读一篇文字的本身，反去忘记仔细看出那隐藏在文字底下的血腥的故事。

而我写的东西，并不是怎样经得起推敲的文字，因为她一出手就经过了一个编者的拒绝，而后来又背负着她应得的伤痕去见鲁迅先生的面了。谁知她以什么取得了那深慈的接待呢？后来是鲁迅先生正在病中，便托胡风先生去看，以后的担子便一直地落在胡风先生的身上。

《科尔沁旗草原》藏之名山大川者，于兹已有三年，我并没有改削。原因并非已有异人可传，足称尽善尽美的了，而是我但愿保持一些那时的风格和热情，做一个路程的纪念罢了。《大地的海》是收回来，又改了的，但基底已经打歪，修理是不能有所匡正的。

在写作时，我对着故乡只有寄托着无比的怀念和泪。一个人对于故乡，"这是不由心中选择，只能爱的"。

年老的妈妈也许在这时为着浆洗一件旧衣而感到手臂的酸痛吧，无知的侄女也许在聚拢起草长的狗尾草嬲着一个来头一样的忧郁的小伙子在场院里懒洋洋地玩耍。……

今年的燕子，是不是又在那棵大的松木梁头做下了新巢……

他们不知道我的消息，燕子也不会告诉他们。

他们只有在梦中向我遥寄了心中的希冀和一切不可能的喜欢。

燕子去了，又来了，已经有五个年头……

在我写《乡愁》的时候（那已是三年前的作品了），我在纪念一个死去的小灵魂和另外一个流离的孩子，在写《浑河的急流》的时候，我纪念着我已死的妹妹……在这里我没有什么纪念，有的只是衷心的呈献。

关于这书的出版，我感激鲁迅先生、茅盾先生、西谛先生、胡风先生，他们给我以无限的温情和助力。

（载自《端木蕻良代表作》第368—372页，华夏出版社1998年1月）

二、"胡子"情结

"胡子"之称起于明代，当时汉人称北方夷族为"胡儿"，夷族常越界南侵掳掠，后来便沿袭称强盗为"胡子"；也有说盗匪抢劫时戴面具挂红胡须以遮耳目；还有说，俄国人经常越过边界烧杀抢掠，他们常留大胡子，久而久之，中国的土匪也就跟着沾了胡子的光，"胡子"成为泛称。但在乐北流亡作家的作品中，"胡子"非但不是被贬对象，还常常作为有几分豪气的英雄来刻画。这主要缘于东北人崇尚豪爽之气和"胡子"在抗战时期敢与日本侵略者抗衡。

在东北，也有将"胡子"与"土匪"混称的，叫"胡匪"，现在辞典上还能查到。东北土匪在整个民国时期大体可以分三种。第一种是纯土匪，即红胡子。这种匪多则数百，少则十余，主要勾当是砸富户、抢买卖、绑人票、打官兵，其间烧杀奸淫，无恶不作。第二种是武装土匪。这种土匪大多有政治背景或目的。或为报复社会，或为报复官绅；有的借土匪发展势力，希望招安做官；有的投靠日军，为虎作伥；被人民政权土改清算的，要搞阶级报复；被国民党委任军衔的，死心塌地破坏革命。第三种叫棒子手。这种土匪没有枪械，仅以木棒劫道，人数少，有时一人，有时数人，时聚时散。他们打劫对象多是单身行人、小户人家。大股的土匪又称"绺子"，有一套比较完整的组织和规矩。其总头目叫"大当家的"或"大掌柜的"，内部呼为"大哥"。其下有二掌柜。再往下有"四梁八柱"，四梁分里四梁、外四梁，合起来即为八柱。下面一般匪徒称"崽子"。

　　清末至"九一八"之前，东北土匪的来源，基本是伐木工人、金矿工人、猎户、炮头和开荒农民，土匪首领是地方绅士、帮会领袖和矿山马场把头。此外，也有世袭胡匪家族。这一时期，胡匪拥枪自卫，维持江湖，许多匪帮据点不是山头而是村屯。抢当然要抢，但他们有自己严格的规则，比如不抢大车店，因为各路人马都要在那里打尖。不抢唱二人转的，因为谁都要娱乐。这种土匪是时代的产物，戴上乌纱就是地方官员，所以有"不当胡子不能当官"之说。最典型的就是张作霖。"九一八"以后至解放战争之前，胡匪中出现大批原东北军官兵，也有进山抗日的学生，关里受命出关的共产党员、青年党员和国民党员。东北胡子在"九一八"之后几乎是成建制地抗日，后来组成抗日联军。其结果，部分降日，部分被消灭，部分进入苏联。

　　光复以后至新中国成立之前，东北胡子进入了自己最后的时期。跟蒋介石走的胡子，被消灭在白山黑水间，中共著名将军贺晋年就是以剿匪闻名，描述这一时期的作品有《林海雪原》。至于兵匪民一家，这事也是史实。东北的村屯，基本都是大户人家买枪养人，平时就是看家的炮手，有事了拉出来就是队伍，进山就是山林队，打日本侵略者就是抗联。东北流亡作家作品中所写的"义勇军"就是九一八事变后，东北人民和东北各路部队以及各地胡子的势力组成的抗日力量的统称。这一点在骆宾基的《边陲线上》、端木蕻良的《科尔沁旗草原》和萧军的《八月的乡村》中都有交代。在萧军的家乡辽西，军阀混战的年代，社会动乱，土匪蜂起，辽河两岸布满胡子的团伙，山民们以扭曲的形式表现自己的强悍，纷纷上山当胡子。山民尚武成风，甚至以"培养贼子使人怕，不养呆子使人骂"为人生信条，鼓励大胆冒险。在当时的社会条件下，山民很难安居乐业，为了生存不择手段，当胡子是一条他们无奈选择的捷径。当日寇入侵后，这些胡子便以各种方式加入抗日队伍。萧军的叔叔就是胡子，他本人也具有胡子性格，萧红就曾说他"三郎，你有强盗的灵魂"。萧军回答说："不错，我是有强盗的灵魂，要不这样你我都要同归于尽。我缺乏那种温良恭俭让的东西。"①

在萧军的《八月的乡村》中，陈柱司令演讲时有这样的话：

> 我们有的从农民里来；有的从军队里来；更有的是从别的绺子（胡子的别名。以下括号里均为笔者注）上来的……我们这样辛辛苦苦，忍饥挨饿，集合到一起，浴着血来和我们的敌人斗争。为什么呢？这是得已吗？这是偶然吗？全不是的，这是我们的敌人将我们逼成这样！

作品在描写老百姓看行军队伍时有这样的对话：

> "那个大个子，腰里插手枪，像个'当家的'！样子很像吗？""我看他好像个'炮头'（胡子队中的前锋），要不然就是'秧子房'（看管肉票者）上掌柜的。"

《八月的乡村》是以中共领导下的吉林磐石抗日游击队的事迹为素材的，这说明中国人民革命军队伍中有胡子，而且不占少数。萧军

---

① 邢富君. 从荒原走向世界 ［M］. 大连：大连海运学院出版社，1992:53.

在《第三代》中写到的胡子海交、半截塔、刘元等，有的在民间流传甚广，像海交被官兵抓了用铁钉把手钉在大车沿上仍表现出大义凛然的情景，听过的人都难以忘怀，也为之产生几分敬意，而忽略了他作为胡子所带来的野蛮和不义。

端木蕻良的《科尔沁旗草原》中，写到一个叫"老北风"的，这个人物很神，在当地民众心里，是一个白胡子的老头儿，骑着白马，拿着银枪。来无影，去无踪。有一首歌唱道：

老北风，起在空，官仓倒，饿汉撑，大户人家脑袋疼！

从这首歌里看出"老北风"的所作所为是杀富济贫的。小说结尾部分，写到了"老北风"把民愤极大的官商点了天灯，并交代了这样的话：

日本兵今夜十二点要进占全南满线的各大城，土匪都招抚。可是中国胡子由老北风领头自己编为义勇军了。

"老北风"的队伍还有"三尖狼牙旗"呢。关于胡子的描写，在这部小说中还有一段很有意思：

后来胡子进来，大姑娘都像跑反似的毛了，用根筷子，盘上了头，白菜疙瘩抹锅底擦了一脸，东家藏西家躲，可真毛鸭子了。后来一看人家胡匪的太太都穿了缎棍似的拉着手在街上走百行，大当家的九姨太还十字披红，前后打道在街上走，你猜怎的，她们都出头了，也都穿上了红袄绿裤子，抹了一脸官粉，仨一伙，俩一串的，在衙门头探头探脸又敢出头，又不敢出头，东瞅西瞅，人家胡子看见一个一个都像蠢巴姐似的，便不搭理她们，后来一看太不像了，便就对她们说，你们都回去吧，回家买不起镜子，看看你妈的脸，就看见你的脸了。她们这才像老鸹打场似的叽叽呱呱地跑了。

这一大段描写，一定意义上，反映了人们习惯上对胡子所作所为的认定与现实的差别。骆宾基的《边陲线上》所描写的那支义勇军，其成分复杂，其中除了教师、学生、商人以外，还有胡子。同样是骆宾基的作品《由于爱》中，主人公郜浩然不堪国民党军官的凌辱，最终上山当了胡匪。东北的抗日将领张作霖曾被拥为"胡帅"，可见当时人们对"胡子"所持的感情。同样是反映被社会扭曲了心灵的人，艾芜笔下的贼的形象，是社会底层被逼无奈的一种选择。他们的生存方式和对正常人生活的向往，都着重表现他们被扭曲的灵魂，而东北流亡作家对胡子的描写则着重突出其抗日和民族气节。

第二节 东北流亡作家的文艺思想 与艺术来源

一、东北固有的自然养成和文化积累

东北由于地理位置而衍生的气候特点是四季分明，特别是冬季严寒。而高山、森林、草原、大海、江河、平原构成大气、粗犷、伟岸的整体自然风光，这就与人的气质类型和性格特点的形成产生同构。"就像巨大崇高的事物会引起人的崇高的、壮美的、阳刚的美感享受一样，在同外部自然环境的生存搏斗和实践征服过程中，东北自然环境的巨大蛮悍和强暴，也必然反作用于实践者征服者，在他们的生理、心理、情感和意志上引起相应的、与自然对象本身同构的变化。"① 这就意味着东北人不会像"在小桥流水的和煦环境中生活的人们那样，具有温柔的细腻的心理情感结构，而是像东北的大山大野一样粗犷而雄悍。"② 正所谓"一方水土养一方人"。

在探讨东北流亡作家文艺思想与艺术来源的时候，还应该关照东北的文化特点。《作家》杂志编辑傅百龄曾对东北文化有这样的阐

---

① 逄增玉. 黑土地文化与东北作家群 [M]. 长沙：湖南教育出版社，1995：56.

② 逄增玉. 黑土地文化与东北作家群 [M]. 长沙：湖南教育出版社，1995：56.

释：东北文化从地域文化的角度看，有两大特点——一个是少数民族文化特点，一个是移民文化特点。东北历史上的少数民族有蒙古族，有女真族，后来演化成满族，还有达斡尔、鄂温克、赫哲、鄂伦春等民族，这是构成东北土著民族的主要部分。其实，这些民族除蒙古族外，可以统称"通古斯人"，东北文化实际上是一个大的东北亚文化，包括贝加尔湖以东、西伯利亚的少数民族，日本北方四岛（俄罗斯称"南千岛群岛"）及北海道以北的阿伊努人，他们的文化可统称为"通古斯文化"，其显著特点就是萨满教文化。萨满教虽然后来衰落皈依了佛教、东正教和伊斯兰教，但它的影响一直延续到现在。[①]

在历史上，东北原属蛮荒之地，地广人稀，虽然生存环境比较恶劣，但对中原移民来说，无疑是其赖以生存的去处。东北移民主要有两个来源：一是山东、河北，二是朝鲜。清朝中叶以前东北的移民是清政府有计划地进行，大部分是罪犯、流放犯。主要成员有吴三桂的军官和士兵及其家属。这是第一次移民高潮。后来是清朝末年到新中国成立后的最困难时期，山东、河北的人在近百年内不断地来到东北。清同治年间朝鲜大旱，朝鲜人便过江逃难。后来是伪满洲国日本人有意进行一些移民活动。随着中原移民的北进和外族移民的迁入，关内文化和外族文化随之而来。一般来说，关内文化是中国传统文化的体现，是儒家思想的温文尔雅。但有一个现象值得深思，就是东北流亡作家的创作风格绝对是东北的而非关内的。这个问题，逄增玉先生曾有阐释。他在《黑土地文化与东北作家群》中，从南北流民的差异上指出，清朝入主中原的都是上流贵族和智者精华，而闯关东的却是本土当地竞争中的被淘汰者和失败者，他们中没有文化人，所以从他们那里，东北人见识的还是来自下层的非主流文化。这就在一定程度上，加固了东北原有文化中野蛮的民风。同理，外族文化根据移民的构成来看，影响就更小了。但有一点必须提出的，就是对生存压力

---

① 逄增玉. 二十世纪中国文学的历史文化透视 [M]. 长春：东北师范大学出版社，1996:266.

的承受力和富于开拓精神应该是移民文化对东北人不可忽视的影响。因为流民在漂流过程中所遭遇到的艰难困苦甚至不幸和磨难，足以磨炼他们的生存意志力。

二、俄苏及法国作家的影响

由于地理位置的接近和种种历史机缘，使得俄国（以及苏联）及其文化与东北关系相当密切。东北作家都不同程度地受到俄苏文化的影响和熏陶。俄苏文学最早传入中国是在1907年，由吴梼译介的高尔基的短篇小说《该隐和阿尔焦姆》。俄苏文学是作为外来文学思潮的一种而传入中国的，与其他国家的文学相比，俄苏文学的比重最大，在1919年至1927年的八年间，印成单行本的就有六十五部。1928年至1937年，俄苏文学作品的翻译保持了较好的发展势头，年均初版新译俄著达到十四种，而且其中苏联文学作品的比重直线上升，占翻译作品的绝对多数。鲁迅、瞿秋白、巴金、夏衍等人都译过高尔基的作品，鲁迅评价高尔基是社会底层的代表者，和大众是一体的。在抗日战争初期的动荡形势下，俄苏文学的译介也没有低于每年七部。从抗战后期开始，俄苏文学著作翻译数量继续上升，到新中国成立初期达到高峰。俄苏文学对中国的影响体现较多的是托尔斯泰、契诃夫、法捷耶夫、绥拉菲摩维支、高尔基。同样，法国的莫泊桑、雨果、罗曼·罗兰等作家的作品，也受到左翼文学的重视，继而影响到东北流亡作家的创作。例如，通过写小人物揭示社会问题、流浪汉小说情调、独具匠心的心理描写以及浓郁的抒情性等都在东北作家们的创作中有所体现。

1981年，日本东京大学一个研究中国现代文学的学生宫尾正树致信骆宾基，就有关骆宾基及作品的诸多问题加以请教。其中有一个问题是：

您写1934年在北平图书馆"初步接触了19世纪的世界

文学名著"。其中对您以后的文学创作影响较大的是谁？您写过一篇文章，《略谈契诃夫》。从此看来，他给您的影响很大，是吗？

骆宾基在"复宫尾正树先生的信"中说：

> 是的，当时在北平图书馆读的列夫·托尔斯泰的短篇小说《雪花围》(今通译《主人与雇工》)、《父子骠骑兵》(今通译《两个骠骑兵》)，中篇自传体小说《现身说法》等书，还是商务出版林琴南的文言译作，还有狄更斯的《大卫·科波菲尔》，以后在我的长篇小说《姜步畏家史》第一部《幼年》就可以看出来他们对我的文学创作的影响。莫泊桑的《项链》《两渔夫》《羊脂球》等与鲁迅先生译的柴霍夫的《坏孩子及其他》以及后来汝龙译的《万卡》《草原上》等名作，都是我最喜欢的作品。抗战初期喜欢一再阅读的是周扬译的《安娜·卡列尼娜》，以后出版的郭沫若、高地译的《战争与和平》，还有雨果的半部（未译完之故）《悲惨世界》。抗战后期是罗曼·罗兰的《约翰·克利斯朵夫》，这是一方面，同时也不止三五次地一再阅读的本国文学名著有《红楼梦》《聊斋志异》《浮生六记》等。

端木蕻良在谈到自己要为母亲写一部书时，谈了托尔斯泰为自己的母亲和使女而写作的情形。在散文《我的创作经验》中有这样一段话：

> 托尔斯泰在回忆他的工作的泉源的时候，他描写了他的带着爱力的母亲和他的为着爱别人而生活的使女。他说：他来到这个世界，是好像专门为了这两个女人而受苦而工作一

样……

　　他的父亲单身跑到莫斯科去过荒唐的日子，把他母亲一个人抛在那里，过着沉重的管理家务的日子。他的母亲一点也不想到别的，心里只是担心他在莫斯科的烦劳，竭力要强把家务弄得很好，免得他在外面牵心。母亲的贴心丫头，在伯爵家里做了五十多年的管家，临死只有余钱几个卢布。她一生没有和人吵过嘴，没有享受过一份多余的食粮，最后平平静静地死了。

　　托尔斯泰是生活在他们当中的，托尔斯泰看见了他父亲的那份严肃的伯爵派头，就是站在他的临死的夫人的床前，也还是庄严得那么够味。托尔斯泰看见从头到尾都是贵族出身的祖母的哀伤，虽然是真的哀伤，也带着加重她感情的表演。他不满意这生活里的戏剧意味，他在母亲和母亲的使女身上看见了真正的人类，他走向了她们。而且为她们这一群献出了自己的一生，而成为她们中间的一个。

　　从这段叙述可以看出，端木蕻良对托尔斯泰是非常熟悉的，而且，尤其熟悉托尔斯泰的创作缘起。他的《科尔沁旗草原》写的是父亲一族的生活，《大地的海》则写的是母亲一族的生活。其受托尔斯泰的影响是可想而知的。

　　萧红除了受到美国的辛克莱、杰克·伦敦、史沫特莱，英国的夏芒、约翰、曼斯菲尔德，德国的雷马克、丽洛琳克影响外，更多地受到法国的罗曼·罗兰、巴尔扎克，俄国的屠格涅夫、契诃夫、班台莱耶夫的影响。萧红十分喜爱俄国的进步文学和苏联文学。萧红曾经在号称"东方莫斯科"的哈尔滨求学与生活，主动和被动地接受了渗透于生活中的俄苏文化。在萧红的笔下，俄国的饮食文化和方式已深深地嵌入和渗透到东北人的饮食结构、饮食习惯中，她的散文经常在无意的、零星的、穿插式的描述中，表现和透露出这一方面的内容。从充满俄国情调的"欧罗巴"旅馆，到"黑列巴"和牛奶，俄国文化就这样深深地卷入她的生活当中。在她的作品中，还真实地表现和描绘了俄苏人的形象，并且由此形象地揭示其性格及积淀于其中的文化内涵。如散文《索非亚的愁苦》描写的是有教养的俄国贵族流亡生涯的悲苦，表现了他们强烈的思乡爱国之情以及欲归不能的不幸。在具体的描写和任务遭际中，流露出一种浓重的、俄国式的忧郁。可以看出，俄苏文化对萧红的影响，不仅仅表现在生活中的渗透，而且表现在艺术思维、气质、构思和风格情调的追求中。

三、现代作家及文艺理论家的影响

（一）危难中的支持

东北流亡作家是在危难中形成的。流亡生活所造成的不幸在所难免，饥饿、寒冷时时威胁着他们的生命，郁结在他们心中的创作情结以及写成的作品，就像星星之火，极易被泯灭。在危难中，是鲁迅、茅盾、巴金、巴人等纷纷伸出了援助之手，鼎力相助，使东北不知名的小人物们一下子在全国闻名。萧军和萧红初到上海，举目无亲，连一张床也没有，是鲁迅从木刻家黄新波那里要了一张床，才使萧军和萧红结束了打地铺的日子。没钱吃饭的时候，鲁迅就把自己的稿费送到他们手中；写出作品来，鲁迅就四处为他们寻找发表的地方。为了让他们很快熟悉上海的环境，广交上海文艺界的朋友，鲁迅还特地以祝贺胡风儿子满月为由，在梁园豫菜馆设宴特请胡风及夫人梅志、茅盾、叶紫、聂绀弩，把萧军和萧红介绍给他们，并当场要叶紫做二萧的向导。[①] 萧红初到上海困惑于生活无着、创作不出的时候，曾写信半开玩笑地请求鲁迅用教鞭鞭策她，鲁迅却风趣地复信说："我不想用鞭子去打吟太太，文章是打不出来的，从前的塾师，学生背不出书

---

① 马蹄疾. 鲁迅生活中的女性 [M]. 北京：知识出版社，1996：235-236.

就打手心，但愈打愈背不出，我以为还是不要催好。如果胖得像蝈蝈了，那就会有蝈蝈样的文章。"①鲁迅还写信安慰萧红说："一个人离开故土，到一处生地方，还不发生关系，就是还没有在土里下根，很容易有这一样情境。……我看你们的现在这种焦躁的情形，不可使它发展起来，最好时常到外面去走走。看看社会的情形，以及各种人们的脸。"②鲁迅的安慰和劝勉，对当时的萧红和萧军来说，真的胜似冬天里的暖阳，对他们的一生都是不可替代的呵护和帮助。萧军和萧红的《跋涉》，是在被当时的书刊检察官压了半年不予发表的情况下，鲁迅、叶紫、胡风等帮助出版的，鲁迅撰写序言加以高度评价。鲁迅称《八月的乡村》是"关于东三省被占事情的小说中很好的一部。作者的心血和失去的天空，土地，受难的人民，以至失去的茂草，高粱，蝈蝈，蚊子，搅成一团，鲜红地在读者眼前展开，显示着中国的一份和全部，现在和未来，死路和活路。凡有人心的读者，是看得完的，而且有所得的"。称赞《生死场》"北方人民的对于生的坚强，对于死的挣扎，却往往已经力透纸背；女性作者的细致的观察和越轨的笔致，又增加了不少明丽和新鲜"。鲁迅的这些经典性评价，对萧军、萧红的成名无疑起到了重大作用。

鲁迅对萧军、萧红的帮助和影响不仅体现在文学创作上，更表现在生活中的方方面面，他们结下了深厚的师生情谊。对于20世纪30年代流亡到上海茫然无助的萧军、萧红来说，鲁迅已成为他们最亲近的老师、亲人和朋友。1976年10月19日鲁迅逝世四十周年时，萧军怀着赤子的精诚，挥笔赋诗，倾吐自己对导师的无限深情。诗云：

一

四十年前此日情，床头哭拜忆形容。

---

① 马蹄疾. 鲁迅生活中的女性 [M]. 北京：知识出版社，1996：235-236.
② 马蹄疾. 鲁迅生活中的女性 [M]. 北京：知识出版社，1996：235-236.

嶙嶙瘦骨余一束，凛凛须眉死若生。

百战文场悲荷戟，栖迟虎穴怒弯弓。

传薪卫道庸何易，喋血狼山步步踪。

二

无求无惧寸心忝，岁月迢遥四十年。

镂骨恩情一若昔，临渊思训体犹寒。

啮金有口随销铄，折戟沉沙战未阑。

待得黄泉拜见日，敢将赤胆奉尊前。

1936年骆宾基在哈尔滨读书期间，因与日籍教员冲突，被迫逃离哈尔滨。5月初到上海，开始写作处女作《边陲线上》。7月至9月，骆宾基三次致信鲁迅，请求鲁迅看已完成的几章书稿，但鲁迅已重病在身，回信说暂时不能看稿。10月，《边陲线上》接近完成，得到鲁迅先生病逝的噩耗。这对于骆宾基来说，几乎是致命的打击。可惜《边陲线上》与大师擦肩而过，无奈的骆宾基想到了茅盾，于是给茅盾写信，很快得到回信，茅盾答应看稿。这对濒临绝望的骆宾基来说是一个极大的鼓舞，赶紧将小说煞尾，誊清之后寄了出去。茅盾看完稿以后对《边陲线上》给以肯定，茅盾说，从《边陲线上》的"氛围气"看得出作者的笔力和未来。同时对作品提出了几点意见，答应在修改之后介绍出版。后几经周折，在茅盾、巴金、巴人等人帮助下，于1939年11月才得以出版。①

端木蕻良的《科尔沁旗草原》是在其情绪十分低落时想起了鲁迅的鼓励奋而著就的。1933年的下半年，端木蕻良在北京办的《四万万报》《科学新闻》等被封闭之后，朋友死的死了，散的散了，失踪的

---

① 韩文敏. 现代作家骆宾基［M］. 北京：北京燕山出版社，1989：17.

失踪了，没有信的没有信了。他陷入了颓唐和痛苦中，人也变得乖戾、反常、阴郁和突兀，已经到了不知道怎样生活下去的地步。精神的每个角落里都充满了烦躁和厌恶。忽然有一天，他收到鲁迅先生的信，使他突然地像看见多少年失去音信的情人一样，开始了《科尔沁旗草原》的创作。"像一线阳光似的，鲁迅的声音呼唤着我，我从黑暗的闸门钻了出来，潮水一样，我不能控制自己，一发而不可止地写出了那本《科尔沁旗草原》，奠下了我的文学生活的开始。"①

茅盾对萧红的《呼兰河传》的评价倾注了极深厚的感情。篇幅之长也非同寻常。茅盾对萧红创作中"寂寞"情节的阐释已成为对萧红创作评论者的共识。由于老一辈作家的大力支持，东北流亡作家这一点星星之火，不仅没有熄灭，反而连起了熊熊之火。

（二）创作倾向的引导

东北流亡作家一直在左翼文学的关怀下成长。作家们独特的遭遇，使其与左翼文学十分默契，创作思想上受到更多的引导。

在中国现代文学史上，有两位作家致力于中国国民性的揭示：一位是鲁迅，另一位是老舍。鲁迅着眼于农民，老舍着眼于市民。鲁迅对国人的哀其不幸和怒其不争，毫不留情地用他那把锐利的解剖刀剖示给读者；老舍对国人的哀其不幸和怒其不争，通过他辛辣的讽刺和幽默展示给读者。"揭示国民性弱点，引起疗救的注意"，充分体现了现代作家强烈的社会责任感。这一点，在东北流亡作家的创作中亦有较充分的体现。在他们的作品中，东北经济的落后、百姓的愚氓、人们生存的无意识都昭然若揭。他们笔下的愚夫愚妇们，虽然没有了阿Q的辫子和癞头疮，但他们的精神和他们对女性的态度照比阿Q甚至更显恶毒。这一点，尤其表现在萧红的创作中。萧红笔下的成业，出于人的本能占有了金枝以后，就越来越表现出其兽性，对金枝非打即骂，竟然摔死了自己的女儿。这在金枝看来，也是没有办法，只能忍

---

① 中国现代文学馆. 端木蕻良代表作 [M]. 北京：华夏出版社，1998：380-382.

耐。小团圆媳妇的婆婆对小团圆媳妇的严酷折磨，在她自己和旁观者看来，是那么天经地义，她是多么地想"教育"好自家的媳妇哇！萧红对东北愚夫愚妇的看似冷静的叙述描写，不亚于鲁迅小说中对于看客的描写，而在揭示东北人无知和愚氓这一落后不觉悟精神实质方面，也可看出对鲁迅的继承和超越。

由于自觉追随左翼文学的创作道路，东北流亡作家的创作思想基本上是体现左翼文学主旋律的，但也有例外。如萧红的《小城三月》、端木蕻良的《科尔沁旗草原》所揭示的主题都不是与抗日有关的，或者起码可以说不直接描写抗战。有幸的是，恰恰是这样的作品，更加增强了甚至可以说凸显了萧红和端木蕻良的创作风格。但骆宾基就不那么幸运了。1943年，骆宾基创作了一个短篇《一个唯美派画家的日记——当那幅油画诞生的时候》，发表在1944年1月1日《当代文艺》第1卷第1期上。据骆宾基自己说，他写那篇小说是因为受了《约翰·克利斯朵夫》的影响而创作的。这是一篇日记体小说，写了一个画家与×将军夫人的爱情。其爱情萌动与渴望的描写十分真挚："每次当我走到桂林的市中心的时候，我就想：到桂西路走一走吧！也许今天我能碰到那位夫人。那两次的路遇相隔有三个月了，可是在那三个月当中，她始终在我的幻想中挺立着的印象一点也没有减淡。"小说当中富有启迪意义的爱情哲理很多，如："若是你发现我对你宽容了，你就知道，我已经不爱你了。"还有表现爱的决心的预言："假若我是她所望不到的一个阴魂，我定跪俯在她的脚前，吻她，感谢她，如画像作者所说的眼睛问拄着泪。"[①]这篇小说受到当时已经是文艺理论家的胡风的崇拜。可是，当时左翼文学的重要领导人冯雪峰立即写信，对小说提出严肃批评。后来骆宾基在重庆与冯雪峰见面时，冯雪峰严肃而诚恳地说："我们今天应该写现实主义的作品，你的那篇小说表现出一种不健康的苗头，发展下去，会把你葬送

---

① 骆宾基. 大后方 [M]. 北京：作家出版社，1990：119-132.

的，所以……信上当然要说得严重些——为了引起你的注意嘛！我的意思无非是要你不脱离政治，不迷失方向，你明白了，以后切实注意起来就好了嘛！不要形成负担的，知道了吗？"[1]据骆宾基的好朋友萧白讲，骆宾基与他谈到《约翰·克利斯朵夫》时说，"读过这部作品后，你就算活过了"[2]。但冯雪峰语重心长的教诲，说得骆宾基心悦诚服。从此，骆宾基再也没有写过此种风格和内容的小说。

同样是在"复宫尾正树先生的信"中，骆宾基还说：

> 如果说，影响最大的，在文学作品方面，除了19世纪俄国批判现实主义的作品之外，在思想方面来说，那就是中国现代文学评论家冯雪峰、邵荃麟与文学家聂绀弩三位先生了。

还有一个实例亦能说明左翼文学对东北流亡作家创作倾向上的引导。周立波在论及舒群的小说时，曾以批评的口吻指出："最近，我觉得舒群的作品还有一个小小的缺点，他有几篇小说带有几分 Erotis（恋爱的，情诗的）的倾向……这是要妨碍他的社会主题的明确性的，他应该把主题抓得更紧，减少一些和主题的发展没有关系的关于女人的挑拨的描写。"[3]现在看来，左翼文学对两性之爱在文学中反映的阻止和反对，违背了文学创作的永恒主题，但在当时来说，是可以理解的。不过，无论怎么说，左翼文学对东北流亡作家的创作倾向起到了重要的引导作用。

在受到左翼文学引导的同时，东北流亡作家的创作也显示出自身的特点，为这一时期的文学创作发展注入了鲜活的血液和养料。

---

① 韩文敏. 现代作家骆宾基 [M]. 北京：北京燕山出版社，1989：62.
② 韩文敏. 现代作家骆宾基 [M]. 北京：北京燕山出版社，1989：62.
③ 逄增玉. 黑土地文化与东北作家群 [M]. 长沙：湖南教育出版社，1995：125.

如果说，妇女的解放是一切社会解放的天然标志，那么，这正是因为，妇女所受的压迫与损害，是一切旧制度最黑暗的表现。这一点，自然会在历代的现实主义文学创作中得到某种反映。而对妇女的不幸寄予同情，对于妇女争取自由的行动表示肯定、赞美，批判男女不平等，给女性以尊严，便成了中外古典文学中民主性精华的重要内容。"五四"之后的新文学创作，在那些揭示社会病苦以引起疗救注意的作品中，描写妇女的不幸也占了重要地位。特别是鲁迅的一篇《祝福》，写尽了一个劳动妇女所受到的封建压迫、剥削以及封建礼教、夫权思想的残害。封建贞节观念给她精神带来的痛苦，使她的命运至为悲惨。而萧红笔下的金枝却单纯多了，她是生长于穷乡僻壤的农家女，若同祥林嫂相比，金枝是大自然的女儿，她身上充满青春的活力，精神上却贫乏而单纯，没有祥林嫂那样深的封建礼教观念。造成金枝不幸的原因也单纯得多——男人的粗暴。这种现象，在农村真是平淡无奇，是最常见也最普遍的。萧红从这一点上来表现妇女生活的悲剧，是十分真实和动人的。

为了认识萧红这种对生活的观察与艺术处理方式，我们还可以做一点对比。在20世纪30年代，还有一位和萧红同时出现于文坛的女作家罗淑。她于1936年在《文学季刊》上发表短篇小说《生人妻》，这是一篇描写农村妇女的不幸的作品，当时很受文艺界好评。这篇作品写一对贫苦的青年农民，上无片瓦，下无寸土，靠每日割青草出卖为生，实在活不下去……贫贱夫妻百事哀，丈夫便忍痛卖掉了妻子。这位被卖的"生人妻"虽然不愿离开丈夫，但还是屈服于贫困而听从被卖掉。可是，当晚她就受到新丈夫的辱骂和小叔子的调戏，她便在当夜逃了回来。未料等她挣扎到家门口时，她的丈夫已经因她的逃离而被人抓走了。造成这个劳动妇女不幸的，主要还是农民生活中的贫困，并非她的丈夫对她不好。萧红笔下的金枝，同罗淑写的"生人妻"有所不同。因为"生人妻"虽然被卖掉，她还有值得珍视、促使她当夜逃回来的她对于丈夫的感情；而金枝呢，连这一点可珍视的都没有。她在"生死场"上所受到的凌辱，使她发出了这样的愤恨："从前恨男人，现在恨小日本子。"最后她转到伤心的路上去，"我恨中国人呢，除外我什么也不恨。"

萧红这样描写金枝，描写女性的悲惨命运，在中国现代文学史上是颇具特色的。如果说，像《祝福》《生人妻》那样的作品，通过劳动妇女的遭遇暴露了旧社会的黑暗，旧礼教的吃人以及农民的极端贫困，有高度的社会概括性和典型意义，那么，萧红在《生死场》中所描写的妇女问题则单纯多了。萧红是从千百年相沿袭的社会上最常见的妇女地位低贱，男人总是虐待妻子这一生活真实出发，来描写妇女的不幸的。这是颇具东方特色的，并且因其平常和普遍而叩击着读者的心弦——这也是中国的生活真实。20世纪20年代至30年代，中国革命运动不断高涨，而北方的雪原仍未解冻。萧红这样描写女性的命运，同她对北方农村落后农民的愚昧的描写是一致的。二里半去找义勇军去了。"金枝又向哪里去？"萧红未能给自己同情珍爱的主人公指出出路。因为金枝不同于《八月的乡村》中的李七嫂。萧红不想以革命作为解救人间一切苦难的良药。萧红在《生死场》中所表现女性悲剧的内容，可以说是亘古陈旧的，又是在新时代也不断重演的。这种独特的艺术表现内容，在革命的30年代不失为一种新鲜。

（三）创作风格的借鉴

东北流亡作家的创作呈地域特色，其乡土文学风格的形成除了他们自身的因素之外，受"五四"以来的现实主义文学风格的影响是不可忽视的。五四时期的文学研究会、语丝社、未名社成员在鲁迅影响下，大力提倡现实主义创作手法，特别是乡土文学的创作深受当时从乡村流落到北京的青年作者的喜爱，形成了以鲁彦、许杰、许钦文等为代表的乡土文学作家群。乡土文学的出现溯源于鲁迅的《故乡》。20世纪20年代，现代文坛上出现了一批比较接近农村的年轻作家，他们的创作较多受到鲁迅影响，以农村生活为题材，以农民疾苦为主要内容，形成所谓"乡土文学"。代表作家有彭家煌、鲁彦、许杰、许钦文、王任叔、台静农等。乡土文学是在"为人生"文学主张的影响和发展下出现的，这些寓居于京沪大都市的游子，目击现代文明与宗法农村的差异，在鲁迅"改造国民性"思想的启迪下，带着对童年和故乡的回忆，用隐含着乡愁的笔触，将"乡间的死生、泥土的气息，移在纸上"，显示了鲜明的地方色彩，从总体上呈现出比较自觉而可贵的民族化的追求，开创了现代文学史上堪称一大创作潮流的风气。

中国的民族传统多是在乡村的生活经验中积淀成形的，活动在乡土上的人物们也就不仅是那一方土地上的特定代表，而且也体现了国民性的典型。"割麦便割麦，春米便春米"的乡间短工阿Q竟然使京城里的大文人们感到恐慌，生怕自己被说成是阿Q性格的模板来源。这再一次使我们深信，农民问题其实是中国最大的问题，弄懂了乡土，也就理解了中国，找到解读中国文化的开门钥匙。

东北流亡作家被迫流亡，在他乡对故乡的怀念日甚一日，家乡的兴衰荣辱、风土人情在作家头脑中的萦绕是抹也抹不掉的。因此，一方面，东北流亡作家具备乡土文学的创作情结和先天素质；另一方面，"五四"以来的乡土文学影响，特别是鲁迅乡土文学的影响很自然地会渗透到东北流亡作家的创作中。事实也的确如此。东北流亡作家作品中所表现出的浓郁的地域特色，是最具共性的。他们无论走到哪里，也忘不了东北这块土地，更放不下对故土的思念和关心。东北流亡作家的乡土特色不仅表现在对故乡怀恋情感的外部表现上，还特别表现在对故乡落后和百姓愚昧的揭示上。他们的审美情趣是东北的、审美取向是东北的，作品中的人物是东北的、语言是东北的，创作中表现出独特的民俗风情更是东北的。从某种程度上说，东北流亡作家的被迫逃亡，为乡土文学特色的产生提供了情感基础和忧患内涵。

此外，我们还应该看到日本左翼文学对东北流亡作家创作的影响。

日本无产阶级文学运动经过以小林多喜二、德永直为代表的创作活动，以及藏原惟人、中野重治等杰出评论家的理论活动，已经形成一支左右文坛的巨大力量。小林多喜二在1931年10月参加了日本共产党，担负着作家同盟内党的工作。1933年2月20日，在樱花盛开的季节，在日本，发生了一件震惊世界的事件，小林多喜二被日本警察毒打致死。这一事件在中国左翼文坛引起了强烈反响，鲁迅、张天翼、茅盾、叶圣陶、郁达夫等人或写文章或捐款，表达对日本左翼文艺运动的声援。

小林多喜二是日共文化的领导人，日本无产阶级作家同盟中央委员会书记，他的作品《蟹工船》享誉文坛，在中国也有译本，鲁迅非常赞赏小林多喜二的作品，他收集了小林多喜二所有公开发表的作品，并时常向青年文学爱好者提起小林多喜二。而东北作家直接或间接受到鲁迅的指导，小林多喜二的影响就在其中了。东北流亡作家既读小林多喜二、德永直、叶山嘉树、洼川稻子等作家的左翼作品，也读横光利一、川端康成和片冈铁兵等新感觉派作家的作品。

第三章
东北流亡作家的艺术表现

第一节　主要作家作品巡视

　　20世纪30年代，在社会上产生过一定影响的东北流亡作家大约有三十到四十人，除了萧军、萧红、罗烽、舒群、白朗、端木蕻良、骆宾基、马加、李辉英、塞克、高兰以及穆木天这些著名的作家外，其他被公认的东北流亡作家还有：林珏、金人、杨朔、孔罗荪、李满红、姜椿芳、辛劳、田琳、高涛、铁弦、于毅夫、耶林、邱琴、叶幼泉、于黑丁、蔡天心、师田手、石光、雷加、董速、刘澍德、李曼林、金肇野、于宇飞等。①一般来说，前十二位著名作家最被研究者称道。而这些作家的主要著作包括长、中、短篇小说，诗歌、散文、戏剧等各种文学体裁。其中，小说占了绝对的优势，而小说中，中长篇的成名率最高，这也是规律，因为长篇比短篇更能衡量一个作家的创作功底。萧军的《八月的乡村》《第三代》，萧红的《生死场》《呼兰河传》《马伯乐》，端木蕻良的《科尔沁旗草原》《大地的海》《新都花絮》《大江》，骆宾基的《边陲线上》《幼年》，舒群的《没有祖国的孩子》，马加的《寒夜火种》，李辉英的《万宝山》等，都是作者的成名作兼代表作。短篇小说集《跋涉》《羊》《江上》《牛车上》《憎恨》《风陵渡》《北望园的春天》《大后方》《呼兰河边》也都是作家创作风格的重要体现。东北流亡作家的创作除了小说之外，诗歌、散文和戏剧也颇有成果。诗歌如塞克的《追求》《紫色的歌》，穆木天的《旅

---

　　①《东北现代文学史》编写组. 东北现代文学史［M］. 沈阳：沈阳出版社，1989：155.

心》《流亡者的歌》《新的旅途》等，无论在思想内容还是在艺术风格方面，都表现出应有的个性。高兰的《我的家在黑龙江》为我国朗诵诗的发展起到了开路先锋的作用。《高兰朗诵诗新辑》（上、下册），反映了高兰在抗战时期诗歌创作的整个历程。散文方面，像萧红《商市街》这样产生较大影响的散文集虽然不多，但东北流亡作家的散文或随笔却很多，结集的有骆宾基的《播种者》，萧军的《绿叶的故事》，端木蕻良的《火鸟之羽》等。另外，东北流亡作家的后起之秀骆宾基的报告文学在抗战时期引起极大轰动，著名的《大上海的一日》和《东战场别动队》被作为抗战文学重要的组成部分列入文学史。上述作家在戏剧方面，也都有尝试。此外，东北流亡作家还写了一定量的短论、杂文、书信、传记等，为研究者提供了宝贵的文学和历史资料。

东北流亡作家的文学创作，真实地反映了东北的现实生活，最早地向全国人民介绍了日伪统治下的东北社会真相，表现了抗日救国的主题。这一点，在以往的文学史和研究文章中多有提及和较详尽的论述，如《东北文学史》和白长青的《东北作家的艺术地位》一文等，这里不再重复。想补充的是，有一部分内容，从文学反映的地域来看，已经超出东北，从事件来看，也似乎超出了抗日救国，但仍然属于东北流亡作家的创作，而且从一定程度上讲，已构成某一作家的创作风格或特色。如端木蕻良的《新都花絮》，骆宾基的《吴非有》《为了爱》《贺大杰的家宅》等篇什。对这些篇什的注意和研究，有益于拓展东北流亡作家的研究领域，也有利于对东北流亡作家个体研究的开展。

东北流亡作家的独特境遇，形成了他们打着印记的创作心态和话语方式，他们不可替代的生活素材和创作本色，确立了东北流亡作家的地域文学的地位。

第二节　作品的艺术特色

一、鲜活的人物形象

东北流亡作家的作品，为我国现代文学的人物画廊增添了一批栩栩如生的人物形象。纵观起来，大致可以分成以下几组：抗日战士形象，封建礼教的牺牲品形象，民族和阶级压迫下的苦难农民形象，与命运抗争不服输的悲剧英雄形象，国统区颓废的军人形象。

在东北流亡作家的作品中，有一大批行色各异的抗日战士形象。他们中，有胡子出身的抗日战士，有知识分子出身的抗日战士，当然更多的是农民抗日战士。在这些形象中，自觉抗日的多半是知识分子，作家们对此也都采用正面塑造的手法。但有趣的是，越想从正面塑造的形象，越是希望站立起来的形象反而容易显得苍白无力，如萧军笔下的陈柱司令、骆宾基笔下的刘强等，而越是集落后农民的狭隘和自私与不得已的奋起反抗于一身的形象，却在污秽与血腥的野地上顽强地直立了起来，像一尊尊血肉模糊的铁塔。李七嫂、唐老疙瘩、二里半等都是这类形象的代表。至于小商人和占山为王的"胡子"在迫不得已的情况下的奋起反抗以及在抗日过程中的动摇，更显现出人性的复杂。

贫穷、愚昧、自私、奴性是东北流亡作家塑造的阶级压迫下苦难农民形象的性格特点。在日寇入侵之前，他们经历着暂时做稳了奴隶的时代；而在日寇入侵之后，他们便遭遇着做奴隶而不得的时代。端木蕻良在《大地的海》后记中说："我的故乡的人们则是双重的奴隶。在没有失去的时候，是某一家人的奴隶。失去了之后，是某一国的奴隶。然而当主人们在大观园里诗酒逍遥将土地断送给敌人的时候，这些奴隶却想用他们粗拙的力量来讨回！"赵三、王婆、金枝等都是典型的代表。

金枝是贯穿《生死场》全书的一个重要人物。她在作品中登场时，是一个才十七岁的农家少女。她追求爱情的幸福，以一种越轨的方式热烈地同成业相恋。可是，金枝得到的爱情的欢乐，几乎是与痛苦同时到来的。在那个贫穷落后的生活环境里，成业同所有的青年男子一样，只是凭本能爱女性，他根本不会也不懂得爱护和尊重金枝。对于这一点，成业的婶婶对成业说得十分清楚："等你娶过来，她会变样，她不和原来一样，她的脸是青白色；你也再不把她放在心上，你会打骂她呀！男人们心上放着女人，也就是你这样的年纪吧！"这些话，全是过去的经验与未来的预言。金枝同成业结婚后不久，就演出了悲剧。在五月节那天成业带着饥饿和劳累回到家里，便向金枝发怒，抱怨金枝拖累了他，使他"做强盗都没有机会"。金枝显然听惯了这些，只是"垂了头把饭摆好，孩子在旁边哭"。接着，作品极其简洁有力地写了成业继续发火，滥施暴虐的场面：

> "哭吧！败家鬼，我卖掉你去还债！"
> "把你们都一块卖掉，要你们这些吵家鬼有什么用……"
> 厨房里的妈妈和火柴一般被燃着："你像个什么？回来吵打，我不是你的冤家，你会卖掉，看你卖吧！"爹爹飞着饭碗，妈妈暴跳起来。
> "我卖！我摔死她吧！……我卖什么！"

就这样小生命被截止了！

这就是金枝追求爱情幸福的结局！刚来到人间的小金枝，也陪着做了无辜的牺牲。

十年之后，金枝成了寡妇，她流落到哈尔滨去谋生，又因受到男性的凌辱悲愤而归。造成金枝不幸的，当然有生活的贫困，有侵略者带来的灾难，而萧红着重写的，是金枝身为女性的不幸，她的青春与爱情受到了男性的粗暴践踏。作品中另一个过场人物——打鱼村最美丽的姑娘月英的遭遇也大致如此，她是在病中受丈夫的冷落和折磨而死的。萧红这样描写劳动妇女的悲惨命运，来自她对北方农村生活的真实观察，其中也寄托了对自己身世不幸的忧愤。这些，给作品增添了凄楚动人的力量。

难能可贵的是，在东北流亡作家的创作中，有一类可以称作封建礼教牺牲品的形象。他们的命运实在让人感觉心酸，欲哭无泪。感觉他们不该就那样死了，但他们却偏偏就那样死了。像小团圆媳妇、翠姨，前者是被折磨致死，后者是迫于礼教的压力，生活在自制的意识围困里，悄无声息地死亡。至于像小团圆媳妇的婆婆之类的人，表面看是刽子手，实际也是牺牲品。这类形象的意义酷似鲁迅笔下的柳妈和众多看客，是将封建礼教的根深蒂固的影响昭示给人看。

在东北流亡作家的后起之秀骆宾基的小说创作中，有一类形象很有新意，那就是国统区颓废军人的形象。在《由十爱》《寂寞》《生活的意义》《大后方》《贺大杰的家宅》等篇目中，都写到颓废的军人形象。这些颓废军人起初都是踌躇满志、一心为国的，但在残酷的生活环境中，他们一再受挫，挫掉了锐气，抱着混一天算一天的态度打发日子。动荡的战争生活和军队里的腐败制造了无数军官和士兵的生活惨剧，虽然有像邰浩然这样的终于揭竿而起，准备以恶抗恶的颓废军官稍稍消解了读者的心头之气，但无力抗争、默然无助的军人形象始终像毒蛇一样缠绕着读者的心。这类形象在现代文学史上并不多见。

至于与命运抗争不服输的悲剧英雄形象，在东北流亡作家的作品中也有骄人的塑造。最典型的要算骆宾基《乡亲——康天刚》中的康天刚了。康天刚本是山东土地上一个喜欢唱小曲，拉胡琴，玩鸟打猎的乐天任性的乡间汉子。只因与邻村财主的女儿发生了难分难解的爱情，财主老爷向他立下了三年内置二十亩麦地，配齐牲口大车，再来提亲的口约，他便带上财主女儿祝他发财的观音瓷像，抛家离土，跨山越海，到那片荒凉的森林草原中寻找人生之梦了。他不屑于垦荒式的一步步成家立业，把理想交给运气和冒险，加入挖山参的"访山帮"，尽管三年连一株参苗也没有找到，他还是捎信给山东财主的女儿，延长一年的期限。他的意念是"有月亮不摘星星，宁吃一口鲜桃，不吃一筐烂杏"。康天刚在深山老林里奔波了十七年，换了十六个访山帮，每个访山帮都因他的晦气而摒弃他，最后一个访山帮因不愿让他的晦气冲犯了山沟的喜气，分派他在窝棚里当伙夫。与他同年出关而当了胡子的一个乡亲，给他掷下一百卢布回老家的路费，使他百感交集，深感"人是命运的主"，当年抱定的人生理想如今皆成泡影，竟伸手去接这一百卢布！在一个幽静、苍凉的月夜，康天刚决心带着那尊观音瓷像跳下悬崖。就在他将那只朝夕相随的乌耳狗抛进山涧的时候，猛然发现二十丈深的悬崖底下的泉口旁有一棵千把年的老山参！他已经疲惫不堪了，呼唤同伴去采掘那株老参之后，就像一座塔一样轰然倒下了。弥留间，嘴角透出幸福的微笑：他到底没有俯首认命，有月亮是不应去摘星星的，虽然自己是得不到什么了，却把幸福带给了周围的乡亲们。杨义在《中国现代小说史》中，称这是一种"愿望误我，我误愿望"的命运传奇，揭示了"超越天命而恪尽人事"的生命意志。

二、感人的情节

情节是小说的关键要素，是按照因果逻辑组织起来的一系列事件。文学理论研究认为，情节不仅是按照因果逻辑组织起来的一系列事件，而且要求在实践的发展中，表现出人物行为的矛盾冲突。20世纪英国作家福斯特关于"国王死了，不久王后也死去"是故事，而"国王死了，不久王后也因伤心而死"则是情节的说法很令人回味。在中国现代文学史上，围绕抗战而写的文学作品情节各异，但最直接、最惨烈也因此最感人的要数东北流亡作家的创作。这部分作品的情节的最大矛盾冲突就在于日本侵略者强占东北和东北人奋起保卫家园。一方是出于生存意识的自我保护，一方是为了侵略的兽性烧杀奸淫；一方是手无寸铁的无辜农民，一方是荷枪实弹的法西斯暴徒。这种正义与非正义、弱势与强势的鲜明对比，就天然地构成了作品人物行为的矛盾冲突，这种冲突是你死我活不可调和的，是弱势与正义被强势和野蛮毁灭的悲剧冲突。无数东北百姓的胸膛被日寇的刺刀挑开，无数襁褓中的婴儿被日寇的魔掌摔死，无数东北女子被日寇强奸后割掉了乳房或分尸。活埋、砍头……孩子被摔死了，情人被打死了，自己又被强奸了，但擦干了血迹，穿起情人的衣裳，拿起情人的长枪与侵略者血战到底。这样的情节也只有在东北流亡作家的作品中才能看得到。

文学作品最感人的情节莫过于悲剧情节。东北流亡作家展示给我们的是人生最大的悲剧。20世纪30年代的东北百姓，要么像奴隶一样受尽剥削压迫，要么在反抗中挣扎。除了日伪的统治，还有封建伦理道德的束缚。读过《呼兰河传》的人都会为小团圆媳妇的死而感到痛心和愤懑，同时对深受封建礼教毒害又自觉充当卫道士的人们产生哀其不幸、怒其不争的恶心之感。而作家就在看似不经意地讲着一个动听的故事和风俗的时候，情节的感人目的就达到了。

感人的情节在东北流亡作家的作品中比比皆是，作家们好像有一肚子的故事，毫不费力地演化成情节，而所有的感动就此产生了。难怪，鲁迅、茅盾及中外文学评论者对东北流亡作家有那样发自肺腑的赞誉。

翠姨形象是在封建伦理道德束缚下的悲剧。萧红在《小城三月》中把自己真诚的激情全部倾注到翠姨这个温柔、美丽而薄命的苦命少女身上，她以细腻的笔触刻画了封建伦理道德束缚下的翠姨的悲剧命运。在刻画翠姨这一形象的过程中，萧红用平淡而感人的情节使读者备受感染。

当翠姨在封建礼教特别是自闭意识摧残下临近死亡边缘的时候，她全心钟爱的哥哥被母亲派来看翠姨。萧红创作了这样的情节：

> 哥哥进去了，坐在翠姨的枕边，他要去摸一摸翠姨的前额，是否发热，他说："好了点吗？"
>
> 他刚一伸出手去，翠姨就突然地拉了他的手，而且大声地哭起来了，好像一颗心也哭出来了似的。哥哥没有准备，就很害怕，不知道说什么，做什么。他不知道现在该是保护翠姨的地位，还是保护自己的地位。同时听得见外边已经有人来了，就要开门进来了。一定是翠姨的祖父。
>
> 翠姨平静地向他笑着，说："你来得很好，一定是姐姐，你的母亲告诉你来的，我心里永远记念着她。她爱我一场，可惜我不能去看她了，我不能报答她了……不过我总会记起在她家里的日子的……她待我也许没有什么，但是我觉得已经太好了……我永远不会忘记的……我现在也不知道为什么，心里只想死得快一点就好，多活一天也是多余的……人家也许以为我是任性……其实是不对的。不知为什么，那家对我也会是很好的，但是我不愿意。我小时候，就不好，我的脾气总是，不从心的事，我不愿意……这个脾气

把我折磨到今天了……可是我怎能从心呢……真是笑话……谢谢姐姐她还惦着我……请你告诉她，我并不像她想的那么苦，我也很快乐……"翠姨苦笑了一笑，"我的心里安静，而且求的我都得到了……"

哥哥茫然地不知道说什么。这时，祖父进来了。看了翠姨的热度，又感谢了我的母亲，对我哥哥的降临，感到荣幸。他说请我母亲放心吧，翠姨的病马上就会好的，好了就嫁过去。

哥哥看了翠姨就退出去了，从此再没有看见她。

哥哥后来提起翠姨常常落泪，他不知翠姨为什么死，大家也都心中纳闷。

这个情节当中，翠姨的话，闪烁着她内心深处对"爱"的渴望，使翠姨这个形象一方面"满蕴着温柔，微带着忧伤"，另一方面又"满脸平静，一身无奈"。这段话中用了大量的省略号，构成了翠姨言未尽衷、欲说还休的看似平静实则揪心的感人情节，表现了翠姨在死亡之前对洁美爱情的向往，显示了她心灵的纯美，控诉了毁灭美的灵魂的罪恶社会。

萧红还把从不向人透漏自己秘密的妙龄少女翠姨和哥哥生离死别的动人情节，通过别样的小说尾声的描写达到审美极致：

等我到春假回来，母亲还当我说："要是翠姨一定不愿意出嫁，那也是可以的，假如他们当我说。"
…………
翠姨坟头的草籽已经发芽了，一撮一撮的和土粘成了一片，坟头显出淡淡的青色，常常会有白色的山羊跑过。

这时城里的街巷，又装满了春天。

暖和的太阳，又转回来了。

街上有提着筐子卖蒲公英的了，也有卖小根蒜的了。更有些孩子他们按着时节去折了那刚发芽的柳条，正好可以拧成哨子，就含在嘴里满街地吹。声音有高有低，因为那哨子有粗有细。

大街小巷，到处的呜呜呜，呜呜呜。好像春天是从他们的手里招回来了似的。

但是这为期甚短，一转眼，吹哨子的不见了。

接着杨花飞起来了，榆钱飘满了一地。

在我的家乡那里，春天是快的，五天不出屋，树发芽了，再过五天不看树，树长叶了，再过五天，这树就像绿得使人不认识它了。使人想，这棵树，就是前天的那棵树吗？自己回答自己：当然是的。春天就像跑那么快。好像人能够看见似的。春天从老远的地方跑来了，跑到这个地方只向人的耳朵吹一句小小的声音"我来了呀"，而后很快地就跑过去了。

春，好像它不知多么忙迫，好像无论什么地方都在招呼它，假若它晚到一刻，阳光会变色的，大地会干成石头，尤其是树木，那真是好像再多一刻工夫也不能忍耐，假若春天稍稍在什么地方流连了一下，就会误了不少的生命。

春天为什么它不早一点来，来到我们这城里多住一些日子，而后再慢慢地到另外的一个城里去，在另外一个城里也多住一些日子？

但那是不能的了，春天的命运就是这么短。

年轻的姑娘们，她们三两成双，坐着马车，去选择衣料去了，因为就要换春装了。她们热心地弄着剪刀，打着衣样，想装成自己心中想得出的那么好。她们白天黑夜地忙着，不久春装换起来了，只是不见载着翠姨的马车来。

这一段饱含着作者凄美情感内蕴的描写，使读者对翠姨爱情和身心的早逝产生难以平复的遗憾，达到了极好的审美效应。

三、淳朴的民风民俗

阅读东北流亡作家的作品，特别是东北人阅读的时候，总会有一种语言上的特殊沟通，那就是东北方言。东北方言是北方方言的一个次方言，其使用范围为关东地区，即辽宁、吉林和黑龙江三省。与普通话相比，东北方言在语音和词汇方面有很大不同，其语音高亢、抑扬顿挫、铿锵有力，词汇幽默、生动、诙谐，还带有一点夸张，这种与普通话的不同形成了东北方言独有的特色。

东北流亡作家的作品中有很多东北人熟悉的方言。比如，"这天可真煞实"（天冷得厉害），"这地场"（这地方），"日子一天比一天超用了"（日子好过了），"她已经从里间蹀躞出来了"（没规没矩地小步蹓出来了），"整天光两个没娘的孩子也把他累毁了"（"累毁了"即"累坏了"），"这孩子像她母亲一样勤谨"（"勤谨"即"勤快"）。还有像管"人参"叫"棒槌"，管用牛皮或猪皮缝制的用草做垫的鞋叫"乌拉"，猪还没长肥叫"瘦喀郎"，形容这个人做事不稳重叫"挓挲开了"，形容一个人穿戴不利落叫"滴拉当啷"，称眨了眨眼叫"抹搭抹搭眼"，形容时间不算长也不算短叫"个月七成"，"扒了一碗饭"是"急忙吃了 碗饭"的意思。"哪承想，我一走，妈就大发了"中"大发了"的意思是"病重了"。"哎呀，大兄弟，你可从哪儿来，听说我大爷牢狱了，我见天价瞎忙，也没过去烧过纸。""牢狱了"是"死了"，"见天价"是"整天地"。"三奶呷呷啦啦地说了一大片"，"哩哩啦啦"形容说话啰唆。"你的道眼多，趁你在家，赶快帮我把这件事办完了。""道眼多"是"主意多"的意思。形容木制东西的平滑，说"一个疙瘌节子也没有"，用"素常"代"平常"，女人之间相骂，称"小养汉老婆"，等等。有些方言词语是因为东北的寒冷才创造出来的，像"捂耳"（罩在耳朵上的防冻棉套）、"爬犁"（冬天孩子们在冰上打刺溜滑的工具，也有用狗拉的在冰雪地上做运输用的）等等。上述句子中的"煞实""地场""超用""蹀躞""勤谨""棒槌""乌拉""瘦喀郎""挖掣""抹搭""大发""捂耳""爬犁"等各词语的最后一个字都读轻声，否则就不是东北人所理解的意思了。这些东北特有的方言，东北人再熟悉不过了，读到这些字眼，就会引起情感共鸣，增强审美效果。

在东北，人与人之间的交往讲究礼尚往来。东北人憨直厚道、不计小节，他们彼此的往来就少了许多计较和疑心，平添了许多真心和诚恳。邻里相处，讲究"远亲不如近邻，近邻不如对门"。在骆宾基的《幼年》中，写到主人公姜步畏到邻居韩四叔家送兔子，我们且不说这兔子是姜步畏的心爱之物，爸爸怕他因此耽误了学习而让他送到韩四婶家，这已经看出邻里关系的亲近了，特别是当小姜步畏被鹅群围攻时他跑到韩四婶怀中那种依赖更让读者感觉到邻里之间的情谊。而且，通过姜步畏的眼睛，我们看到了韩四婶和韩四叔之间的具有东北特点的家庭关系，看到了东北农村鸡、鸭、鹅、狗、猪满圈的庭院生活。

在东北，中国的传统节日很受重视。由于气候的关系，东北一年四季分明，春种秋收，夏日间歇。到了冬季，天寒地冻，大雪封门。可冬天虽然寒冷，却是农闲的时节了，也是人们最悠闲的季节。在这个季节里，人们喜欢围坐在热炕上或火炉旁边，说家长道里短，讲鬼神故事，谈一年的收成。也恰在这个寒冷的季节，人们会迎来一年中最隆重的节日——春节。一到腊月，人们就开始办置年货，这叫"傍年备节"。特别是到了小年（腊月二十三）以后，蒸糕蒸枣馒头、做豆腐、爁冻、烀肉，家家忙得不亦乐乎，屋外冷屋里暖，孩子们在外面冻红了脸和耳朵，跑回屋里吃一口大人刚做出的平时吃不到的东西，掀开厨房门帘时一股热气呼的一下冒出，眨眼间孩子又跑到冰湖上打刺溜滑跐爬犁去了。这样的细节，骆宾基在《幼年》中写得最细腻，让东北人感到亲切，并勾起人生最美好的回忆。即使是其他地域的读者，也一定会感到一种新鲜和好奇。

在东北，有几种颇具特色的地方风俗：跳大神、赶庙会、野台子戏、放河灯。

跳大神是萨满教的一种表现形式。萨满教是原始宗教的一种。曾广泛流传于中国东北到西北边疆地区使用阿尔泰语系的许多民族中，鄂伦春、鄂温克、赫哲和达斡尔族到20世纪50年代初尚保存该教的信仰。因为通古斯语称巫师为萨满，故得此称谓。该教崇拜对象极为广泛，有各种神灵、动植物以及无生命的自然物和自然现象。没有成文的经典，没有宗教组织和特定的创始人，没有寺庙，也没有统一、规范化的宗教仪礼。巫师的职位常在本部落氏族中靠口传身授世代嬗递。萨满教崇尚灵魂、神灵、三界，在人们无法战胜天灾人祸的时代，表现了人对平安和幸福的祈求和向往。后来，萨满教日益衰落，陆续皈依佛教、东正教和伊斯兰教等。但在民间，仍有其浓厚的影响，甚至以变异了的形态残存下来。萨满教在东北流亡作家的创作中多有表现，对跳大神写得最多的要算萧红和端木蕻良。其中端木蕻良笔下的跳大神确有神秘色彩，不抱持批判态度。而萧红笔下的跳大神，却让我们明显地认识到这是一种封建迷信，是残害生命的把戏。无论作家对此持怎样的态度，跳大神都是东北的一大风俗，而且至今还流传，以此为生的大有人在。

赶庙会、野台子戏、放河灯都是东北民间的热闹场面。这几种风俗，在萧红的《呼兰河传》里都能看到：

> 七月十五是个鬼节，死了的冤魂怨鬼，不得托生，缠绵在地狱里边是非常苦的，想托生，又找不着路。这一天若是每个鬼托着一个河灯，就可得以托生。大概是从阴间到阳间

的这条路，非常之黑，若没有灯是看不见路的。所以放河灯这件事情是件善举。可见活着的正人君子们，对着那些已死的冤魂怨鬼还没有忘记。

萧红还写到和尚为庆祝鬼们更生而打鼓念经的场面，特别是写到放河灯时由热闹到冷寂、由喜庆到虚空，看着远处渐灭渐少最终完全消失的河灯，真的感觉好像是被鬼一个一个地拖走了似的。

野台子戏是在秋天唱的，或者是因为收成好，更多的是因为夏天求雨灵验了，要感谢龙王爷。从搭戏台开始到唱戏结束，得七八天。看野台子戏可不是普通的看戏，这简直就是东北人一年的盼头，有一首童谣，至今还被东北老年人用来哄孩子：

> 拉大锯，扯大锯，姥爷（外公）门口唱大戏。接闺女，唤女婿，小外孙，也要去。姥姥不给饭儿——吃，抓个鸭子摸个蛋儿——吃，舅舅来家看见了，一巴掌打你外——头，舅母来家看见了，擦点儿粉儿，戴点儿花儿，我们小妞给谁家……

这首童谣写出了东北人看野台子戏时，姑娘回娘家的情形。不仅姑娘外孙，三姨二姑也都聚到了一起。姑娘们都穿上新衣服，抹上胭脂粉儿，备不住就有被提亲的，戏台下的名堂可多了，看戏姑妄看之，品评一下谁穿戴得好看，讲讲新鲜事是真的，谁也不在乎看到了什么，只在乎来没来看。外乡人之间因了看戏认识了，还有可能父母之间做主结了亲家。出嫁多年的姐妹回到娘家，互送礼物，聚散依依，好不热闹。

四月十八娘娘庙大会，用萧红的话说，也是为着鬼的，不是为着人的。人们到老爷庙拜过后，再到娘娘庙拜，没有儿女的妇女到子孙娘娘那里用耳环或眼镜偷换一个泥娃娃，孩子们闹着大人买一个不倒翁。有一首歌谣这样唱：

> 小大姐，去逛庙，扭扭搭搭走得俏，回来买个扳不倒。

东北的四月十八庙会一直延续至今。

在东北流亡作家的创作中，鲜活的人物形象在淳朴的民风民俗中得到了不露声色的充分体现。比方说，上面谈到的野台子戏，萧红在《呼兰河传》中写到姐妹之间互送礼物时这样描述：

> 一家若有几个女儿，这几个女儿都出嫁了，亲姊妹，两三年不能相遇的也有。平常是一个住东，一个住西。不是隔水的就是离山，而且每人有一大群孩子，也各自有自己的家务，若想彼此过访，那是不可能的事情。

可当她们见了面之后，却不提别离了几年的事情，也没有亲热的表现，甚至异常冷落。

> 但是这只是外表，她们的心里，就早已沟通着了，甚至于在十天或半月之前，她们的心里就早已开始很远地牵动起来……

她们亲手做了礼物，或到本城或本乡出名的染坊精细地染好花布，提前装好在箱子底下，等寻个夜深人静的时候，轻轻地取出来，摆在姐妹面前，说一声：

> 这麻花布被面，你带回去吧！接受的或说一声："留着你自己用吧！"

当然送礼的就加以拒绝，一拒绝，也就收下了。这里没有更多的讨好言辞，花费了多少心血，如何精心准备等等都从来不说，也无须说，但姐妹之间的那份情谊却深深地蕴含其中了。这也非常符合东方人内敛的情感表达方式。

附录一

萧军、萧红来往书信

萧军致萧红

第一封信

吟：

前后两信均收到了。你把弄堂的号码写错了，那是二五六，而你却写了二五七，虽然错了，也收到。

今晨鹿地夫妇来过，为了我们校正文章。那篇文章我已写好，约有六千字的数目，昨夜他翻好四分之三的样子，明晨我到他们那里（他们已搬到环龙路来）去再校一次，就可以寄出了。其中关于女作者方面，我只提到您和白朗。

秀珂很好，他每天到我这里来一次，坐的工夫也不小，他对什么全感到很浓重的兴趣，这现象很好。江西，我已经不想要他去了，将来他也许仍留在上海或去北平。

奇来过一次，你的第一封信她已看过了。今天在电车上碰到了她，明，还有老太太，他们一同去兆丰公园了，因为老太太几天要去汉口。

30日的晚饭是吃在虹他们家里，有老唐、金、白薇（她最近要来北平治病了，问你的地址，我说我还不知道）。吃的春饼。在我进门的时候，虹紧紧握了我的手，大约这就是表示和解！直到十二时，我才归来。

踏着和福履里路并行的北面那条路，我唱着走回来。天微落着雨。

昨夜，我是唱着归来，

——孤独地踏着小雨的大街。

一遍，一遍，又一遍……

全是那一个曲调：

"我心残缺……"

我是要哭的！……

可是夜深了，怕惊扰了别人，

所以还是唱着归来：

"我心残缺！……"

我不怨爱过我的人儿薄幸，

却自怨自己的痴情！

吟，这是我作的诗，你只当"诗"看好了，不要生气，也不要动情。

在送你归来的夜间，途中和珂还吃了一点排骨面。回来在日记册上我写了下面几句话：

这是夜间的一时十分。

"她走了！送她回来，我看着那空旷的床，我要哭，但是没有泪，我知道，世界上只有她才是真正爱我的人。但是她走了！……"

吟，你接到这封信，不要惦记我，此时我已经安宁多了。不过过去这几天是艰难地忍受过来了！于今我已经懂得了接受痛苦，处理它，消灭它……酒不再喝了（胃有点不好，鼻子烧破了），在我的小床边虽然排着一列小酒瓶，其中两个瓶里还有酒，但是我已不再动它们。我为什么要毁灭我自己呢？我用这一点对抗那酒的诱惑！

偶尔我也吸一两支烟。

周处既找不到，就不必找了。既然有洁吾，他总会帮助你一切的，这使我更安心些。好好安心创作吧，不要焦急。我必须按着我预定的时日离开上海的。因为我一走，珂更显着孤单。你走后的第二天早晨，就有一个日本女世界语同志来寻你，还有一个男人（由日本新回来的，东北人），系由乐写来的介绍信，地址是我们楼下姓段的说的。现在知道我地址的人，大约不少了，但是也由它去吧。

《日本评论》（五月号）载有关于我的一段文章（小田狱夫作），你可以到日本书局翻看翻看。

花盆你走后是每天浇水的，可是最近忘了两天，它就憔悴，今天我又浇了它，现在是放在门边的小柜上晒太阳。小屋是没什么好想的，不过，离开，就觉得什么全珍贵了。

我有时也到鹿地处坐坐，许那里也去坐坐，也看看电影，再过两天，我将计划工作了。

夏天我们还是到青岛去。

有工夫也给奇和珂写点信，省得他们失望。

今天是星期日，好容易雨不落了，出来太阳。

你要想知道的全写出来了。这封信原拟用航空寄出，因为今天星期，还是平寄吧。

祝你

获得点新的快乐！

你的小狗熊

5月2日

第二封信

吟：

我想到今天会有你的信来，果然在我一进门，在那门旁的镜台边站着一封信，那是我的。

几乎成了习惯，在我一回来或是出去，总要掀一掀门上的信柜盖，也明知道有信是不放在那里的，或者已经过了来信的时候，但是总要掀！……甚至对于明知不是自己的信，也要拿起看一看。

现在是下午两点三十五分。我刚从许那里归来。好容易晴了两天，今天又落起雨来，因为怕湿了这仅有的一双鞋子和新衣服，便坐了一次车。从搬到这里，这还是第一次坐车回家呢。

许有三册书，由我介绍到一家印刷局付印，我担任校一次校样，还有一点抄录的工作，今天我把珂介绍去了，他正在那里抄录。

珂的"世界语"算告一段落了，那个报馆据说还有一线希望，不过我的意思如果他不乐意在上海住下去，那就去北平。九江，我想那是用不着去的，那对于他不相宜。现在还没决定。

奇他们很好，民已加入了一个剧团，他已有了角色（《钦差大臣》中的商会会长），看样子他很满意。金已搬到了他们一起，住在黑住过的那间房子。昨天晚饭我在那里吃的面条：老太太当晚去汉口，莉的职业辞了。黑也去北平了。

自从前封信说给你，我不再喝酒了，现在还是没喝。那剩余的酒还是摆在那里，我对于它们不再感兴趣。现在却偶尔也抽一支烟，觉得抽烟的时候情绪很安宁。

心情已不像前几天那样烦乱了！几天来虽没有工作什么，却有一种要工作的欲望，时时刻刻在激动着我，但是我要保留着它们到青岛，现在还不想做什么。

几日来我把整部的精神沉浸在读书里。正在读托尔斯泰的《安娜·卡列尼娜》，这真是一部好书，它简直迷惑了我！那里面的伏伦斯基，好像是在写我，虽然我没有他那样漂亮。

如今我已经有了一个治理自己的方法：早晨一睁眼（这时候是一切意念的开端，它会扰乱了整日的安宁！）我就说："我要健康，我要快乐，我要安宁，我要生活，我要工作下去……"接着毫不拖延地就爬起来，恢复我原先不曾间断过的室内运动。完了就去洗脸，而后去公园（也许八点或八点半钟），那里水池边新开了一个茶馆，要一杯红茶，也许吃一小包葡萄干，就开始读书或写点笔记了。也有时看跑叫的孩子们……这样继续到十二点去吃午饭。饭后也许回来睡睡，也许去办办事务。临睡之前洗一个冷水澡，而后再读书到十二点，也是说着："我要健康，我要快乐，我要安宁，我要生活……"就入睡了。当然有时也想到你……有时也弹弹那只琴。轻轻唱唱自己所会的歌。弹琴我已不用那个老法了（用一块铁，像盲人似的摸着），现在我已试验着手指按弦了。

这样我一天便没了什么波动！……当然，我要想什么，我还是尽量想，甚至我的想象力全不愿想了，我还是催迫它想！……直到它实在疲乏为止。我知道这不应该压制，压制是有害的。比方一匹马它要跑，就任它跑好了，到力尽的时候，自然它要停止了。我现在的感情虽然很不好，但是我们正应该珍惜它们，这是给予我们从事艺术的人很宝贵的贡献。从这里我们会理解人类心理变化真正的过程！我希望你也要在这时机好好分析它，承受它，获得它的给予，或是把它们逐日逐时地记录下来。这是有用的。

大约在7月10日以前我是可以离开此地的。还不足两月，我们又可以再见了。注意，现在安下心好好工作吧，那时我要看您的成绩咧。

在这两月中，我要帮同许把纪念册及那三本书弄完，再读点书，恐怕就没有什么成绩可出了。

有时我也要静静地躺在大床上（我已不在小床上睡了），从玻璃看看窗外的天和黄杨树那只要有一点风就闪颤不定的叶子们，心里很安宁。最近报上有人说，女人每天"看天"一小时，一个星期会变得婴儿似的美丽！我并不想美丽，只是觉得心很安宁，恬静，你也可以这样试试看。也试试每天早晚我所说的那样话，这是心理治疗法，不是迷信或扯淡。

一封信竟写了近乎五页稿纸了，这如果要当文章卖，是可以卖到六元钱呢！

信纸虽然有，但我却不乐意用它，喜欢用稿纸写。这是习惯。

你可以计划你的长篇或"印象记"了。两月之中总可以写一点的。如果你有机会，找一个地方每天运动一两小时，打网球或是什么。运动确是可以治疗寂寞。

这封信是坐在床边小圆桌上写的。因为这里的一扇窗子被我开开了，比较外屋要凉爽。

还是租一间比较好的房子，自己雇一个用人，这样比较好些，住公寓是不好的。如果房子比较好，可和他们订合同租一年或半年。多租两间没什么，冬天我们是准备在北平度的。

那几天因为尽喝酒，肝似乎有点不大好，鼻子也烧破了，现在已全好了。

最后告诉你一件事，我在学"足声舞"了，就是脚下带响动的那种舞。两月毕业，共十五元钱。学好了，将来好教你。

上海你要买什么吗？

就写在这里了。

> 你的小狗熊5月6日
> 下午三时四十五分

第三封信

孩子：

接到你的信，就想写回信，金人来，耽误了。你的第三封信也收到了，我给你的信（第二封）今天也该收到了吧？收到这封信——我想你的情绪一定会好一些。

前两天寄去的四本书，不知收到没有？今天你要的书，明后天我就寄给你。

我正在校《十月十五日》的校样，今夜大约可校完。吃过晚饭以后，我预备去看《无国游民》影片。

你不必永在批判自己，这是没用的，任它自然淹着去就是，如你所说，炎热过了，就是秋凉。我现在已近于秋凉状态了，但是我却怕要变成冬天，虽然冬天后头又是春天……

家，我是不想搬的，就在这里觉得舒服些。

周家，大约许是搬开了，那就不必找了。

临睡之前洗洗冷水浴，想法运动运动，这一定能减少你的害怕和不安。

对无论什么痛苦，你总应该时时向它说："来吧！无论怎样多和重，我总要肩担起你来。"你应该像一个决斗的勇士似的，对待你的痛苦，不要畏惧它，不要在它面前软弱了自己，这是羞耻！人生最大的关头，就是死，一死便什么全解决了。可是我们要拿这"死的精神"活下去！便什么全变得平凡和泰然。只要你回头一想想，多少波涛全被我们冲过来了，同样，这眼前无论什么样的艰苦的波涛，也一样会冲过去，将来我们也是一样地带着蔑视和夸耀的微笑，回头看着它们。——现在就是需要忍耐。要退一步想，假如现在把你关进监牢里，漫漫长夜，连呼吸全没了自由，那时你将怎样？是死呢？还是活下来？可是我见过多少人，他们从黑发转到白发，总是忍耐地活下来……

因为我不想在这里说我的道理，那样你又要说我不了解你，教训你，你是自尊心很强烈的人。你又该说你的痛苦，全是我的赠予，现在反来教训你……但是我的痛苦，我又怎样来解释呢？我只好说这是我"自作自受"，自家酿酒自家吃……我不想再推究这些原因。

前信我曾说过，你是这世界上真正认识找和真正爱我的人！也正为了这样，也是我自己痛苦的源泉。也是你的痛苦的源泉。可是我们不能够允许痛苦永久啮咬着我们，所以要寻求，试验……各种解决的法子。就在这寻求和解决的途程中那是需要高度的忍耐，才能够获得一个补救的结果。否则，那一切全得破灭！你也许会说破灭倒比忍受强些，不过我是不这样想的，凡事总应该寻求一个解决的办法，这才是人的责任，所谓理性的动物。否则闭起眼睛想要不看一切，逃避一切……结果是被一切所征服，而把自己毁灭了。凡事不能用诗人的浪漫的感情来处理，这是一种低能的，软弱的表现！自尊心强烈的人是不这样的。

我是用诸种方法来试验着减轻我的痛苦，现在很成功了。我希望你不要"束手无策"，要做一个能操纵，解决，把捉自己一切的人。不要无力！要寻找，忍耐地寻找力的源泉。神经过度兴奋与轻躁，那是生活不下去的，要沉潜下自己的感情，准备对一切应战！

我的感情比你要危险得多，但是我总是想法处理它，虽然一时难忍受，可是慢慢我总要把它们纳入轨道前进。

我在人生的历程上所遭的危害，总要比你多些，可是我是乐观的，随处利用各种环境增加我的力量，补充我自己的聪明。就是说，我有勇气和力量杀得进，也杀得出，这样，人生的环境所以总也屈服不了我。你有时也要笑我的愚笨，不合理……正因为这样，所以我才能顽强地生活着。

人常常检点自己的缺点是必要的，发展自己的长处也是必要的。人有缺点，我是赞成补救它，如果这个缺点，不真正就是那个人的长处的话。

一个医生尽说安慰话，对于一个病人是没有多大用的，至少他应该指出病人应该治疗和遵守的具体的方法。最末我说一句，不要使自尊心病态化了，而对我所说的话引起了反感！

洁吾兄处，我不另写信了。请你转告他，待到冬天或秋天，我们会见到的。

专此祝

好！

你的小狗熊

5月8日下午五时三

萧红致萧军

第一封信

船上—上海

（1936年7月18日发）

君先生：

海上的颜色已经变成黑蓝了，我站在船尾，我望着海，我想，这若是我一个人怎敢渡过这样的大海！

这是黄昏以后我才给你写信，舱底的空气并不好，所以船开没有多久我时时就好像要呕吐，虽然吃了多量的胃粉。

现在船停在长崎了，我打算下去玩玩。昨天的信并没写完就停下了。

到东京再写信吧！祝好！

莹　7月18日

源先生好！莹。

第二封信

日本东京—青岛

（1936年8月14日发，8月21日到）

均：

接到你4号写的信现在也过好几天了，这信看过后，我倒很放心，因为你快乐，并且样子也健康。

稿子我已经发出去三篇，一篇小说，两篇不成形的短文。现在又要来一篇短文，这些完了之后，就不来这零碎，要来长的了。

现在14号，你一定也开始工作了几天了吧？

鸡子你遵命了，我很高兴。

你以为我在混光阴吗？一年已经混过一个月。

我也不用羡慕你，明年阿拉自己电到青岛去享清福。我把你遣到日本岛上来——

莹　8月14日

异　国

夜间：这窗外的树声，

　　　听来好像家乡田野上抖动着的高粱，

　　　但，这不是。

　　　这是异国了，

　　　踏踏的木屐声音有如潮水一般了。

日里：这青蓝的天空，

　　　好像家乡六月里广茫的原野，

　　　但，这不是，

　　　这是异国了。

　　　这异国的蝉鸣也好像更响了一些。

第三封信

日本东京—青岛

（1936年8月27日发）

均：

我和房东的孩子很熟了，那孩子很可爱，黑的，好看的大眼睛，只有五岁的样子，但能教我单字了。

这里的蚊子非常大，几乎使我从来没有见过。

那回在游泳池里，我手上受的那块小伤，到现在还没有好。肿一小块，一触即痛。现在我每日二食，早食一毛钱，晚食两毛或一毛五，中午吃面包或饼干。或者以后我还要吃得好点，不过，我一个人连吃也不想吃，玩也不想玩，花钱也不愿花。你看，这里的任何公园我还没有去过一个，银座大概是漂亮的地方，我也没有去过，等着吧，将来日语学好了再到处去走走。你说我快乐地玩吧！但那只有你，我就不行了，我只有工作、睡觉、吃饭，这样是好的，我希望我的工作多一点。但也觉得不好，这并不是正常的生活，有点类似放逐，有点类似隐居。你说不是吗？若把我这种生活换给别人，那不是天国了吗？其实在我也和天国差不多了。

你近来怎么样呢？信很少，海水还是那样蓝吗？透明吗？浪大吗？崂山也倒真好？问得太多了。

可是，6号的信，我接到即回你，怎么你还没有接到？这文章没有写出，信倒写了这许多。但你，除掉你刚到青岛的一封信，后来16号的（一）封，再就没有了，今天已经是26日。我来在这里一个月零六天了。

现在放下，明天想起什么来再写。

今天同时接到你从崂山回来的两封信，想不到那小照相机还照得这样好！真清楚极了，什么全看得清，就等于我也逛了崂山一样。

说真话，逛崂山没有我同去，你想不到吗？

那大张的单人相，我倒不敢佩服，你看那大眼睛，大得我从来都没有看见过。

两片红叶子（已）经干干的了，我记得我初认识你的时候，你也是弄了两张叶子给我，但记不得那是什么叶子了。

孟有信来，并有两本《作家》来。他这样好改字换句的，也真是个毛病。

"瓶子很大，是朱色，调配起来，也很新鲜，只是……"这"只是"是什么意思呢？我不懂。

花皮球走气，这真是很可笑，你一定又是把它压坏的。

还有可笑的，怎么你也变了主意呢？你是根据什么呢？那么说，我把写作放在第一位始终是对的。

我也没有胖也没有瘦，在洗澡的地方天天过磅。

对了，今天整整是27号，一个月零七天了。

西瓜不好那样多吃，一气吃完是不好的，放下一会儿再吃。

你说我滚回去，你想我了吗？我可不想你呢，我要在日本住十年。

我没有给淑奇去信，因为我把她的地址忘了，商铺街十号还是十五号呢？还是内十五号呢？正想问你，下一信里告诉我吧！

那么周走了之后，我再给你信，就不要写周转了？

我本打算在25号之前再有一个短篇产生，但是没能够，现在要开始一个三万字的短篇了。给《作家》十月号。完了就是童话了。我这样童话来，童话去的，将来写不出，可应该觉得不好意思了。

东亚还不开学，只会说几个单字，成句的话，不会。房东还不错，总算比中国房东好。

你等着吧！说不定哪一个月，或哪一天，我可真要滚回去的。到那时候，我就说你让我回来的。

不写了。

吟　8月27日晚七时

第四封信

日本东京—青岛

（1936年9月6日发，9月13日收到）

均：

你总是用那样使我有点感动地称呼叫着我。

但我不是迟疑，我不回去的，既然来了，并且来的时候是打算住到一年，现在还是照着做，学校开学，我就要上学的。

但身体不大好，将来或者治一治。那天的肚痛，到现在还不大好。你是很健康的了，多么黑！好像个体育棒子。不然也像一匹小马！你健壮我是第一高兴的。

黎的刊物怎么样？没有人告诉我。

黄来信说《十年》一册也要写稿，说你答应了吗？但那东西是个什么呢？

上海那三个孩子怎么样？

你没有请王关石吃一顿饭？

我想起王关石，我就想起你打他的那块石头！袁泰见过？还有那个张？

唐诗我是要看的，快请寄来！精神上的粮食太缺乏！所以也会有病！

不多写了！明年见吧！

莹　9月6日

第五封信

日本东京—青岛

（1936年9月12日发，9月16日收到）

均：

今晨刑事来过，使我上了一点火，喉咙很痛，麻烦得很，因此我不知住到什么时候就要走的。情感方面很不痛快，又非到我的房间不可，说东说西的。早晨本来我没有起来，房东说要谈就在下面谈吧，但不肯，非到我的房间不可，不知以后还来不来。若再来，我就要走。

华同住的朋友，要到市外去住了，从此连一个认识人也没有。我想这也倒不要紧，我好久未创作，但，又因此不安起来，使我对这个地方的厌倦更加上厌倦。

他妈的，这年头……

我主要的目的是创作，妨害——它是不行的。

本来我很高兴，后天就去上课，但今天这种感觉，使我的心情特别坏。忍耐一个时期再看吧！但青岛我不去，不必等我，你要走尽管走。

他寄来的书，通通读完了。

他妈的，混账王八蛋。

祝好。

吟　9月12日

均：

　　刚才写的信，忘记告诉你了，你给奇写信，告诉她，不要把信寄给我。你转好了。

　　你的信封面也不要写地址。

第六封信

日本东京—上海

（1936年11月6日发）

均：

　　《第三代》写得不错，虽然没有读到多少。

　　《为了爱的缘故》也读过了，你真是还记得很清楚，我把那些小节都模糊了去。

　　不知为什么，又来了四十元的汇票，是从邮局寄来的，也许你怕上次的没有接到？

　　我每天还是四点的功课，自己以为日语懂了一些，但找一本书一读还是什么也不知道。还不行，大概再有两月许是将就着可以读了吧？但愿自己是这样。

　　奇来了没有？

　　你的房子还是不要搬，我的意思是如此。

　　在那《爱……》的文章里面，芹简直和幽灵差不多了，读了使自己感到了战栗，因为自己也不认识自己了。我想我们吵嘴之类，也都是因为了那样的根源——就是为一个人的打算，还是为多数人打算。从此我可就不愿再那样妨害你了。你有你的自由了。

　　祝好。

吟　11月6日

手套我还没有寄出，因为我还要给河清买一副。

第七封信

军：

你亦人也，吾亦人也，你则健康，我则多病，常兴健牛与病驴之感，故每暗中惭愧。

现在头亦不痛，脚亦不痛，勿劳念念耳。

专此

年禧！

莹　12月末日

第八封信

北京—上海

（1937年5月4日发）

军：

昨天又寄了一信，我总觉我的信都寄得那么慢，不然为什么已经这些天了还没能知道一点你的消息？其实是我个人性急而不推想一下邮便所必须费去的日子。

连这封信，是第四封了。我想那时候我真是为别离所慌乱了，不然为什么写错了一个号数？就连昨天寄的这信，也写的是那个错的号数，不知可能不丢吗？

我虽写信并不写什么痛苦的字眼，说话也尽是欢乐的话语，但我的心就像被浸在毒汁里那么黑暗，浸得久了，或者我的心会被淹死的，我知道这是不对，我时时在批判着自己，但这是情感，我批判不了，我知道炎暑是并不长久的，过了炎暑大概就可以来了秋凉。明明是知道，明明又做不到。正在口渴的那一刹，觉得口渴那个真理，就是世界上顶高的真理。

既然那样我看你还是搬个家的好。

关于珂，我主张既然能够去江西，还是去江西的好，我们的生活也没有一定，他也跟着跑来跑去，还不如让他去安定一个时期，或者上冬，我们有一定了，再让他来，年轻人吃点苦好，总比有苦留着后来吃强。

昨天我又去找周家一次，这次是宣武门外的那个桥，达智桥，二十五号也找到了，巧得很，也是个粮米店，并没有任何住户。

这几天我又恢复了夜里害怕的毛病，并且在梦中常常生起死的那个观念。

痛苦的人生啊！服毒的人生啊！

我常常怀疑自己或者我怕是忍耐不住了吧？我的神经或者比丝线还细了吧？

我是多么替自己避免着这种想头，但还有比正在经验着的还更真切的吗？我现在就正在经验着。

我哭，我也是不能哭。不允许我哭，失掉了哭的自由了，我不知为什么把自己弄得这样，连精神都给自己上了枷锁了。

这回的心情还不比去日本的心情，什么能救了我呀！上帝！什么能救了我呀！我一定要用那只曾经把我建设起来的手把自己来打碎吗？

祝好！

荣子　5月4日

所有我们的书，若有精装请各寄一本来。

第九封信

北京—上海

（1937年5月15日发，5月17日到）

军：

前天去逛了长城，是同黑人一块去的。真伟大，那些山比海洋更能震惊人的灵魂。到日暮的时候起了大风，那风声好像海声一样，《吊古战场文》上所说：风悲日曛。群山纠纷。这就正是这种景况。

夜十一时归来，疲乏得很，因为去长城的前夜，和黑人一同去看戏，因为他的公寓关门太早的缘故，就住在我的地板上，因为过惯了有纪律的生活，觉得很窘，所以通夜失眠。

你寄来的书，昨天接到了。前后接到两次，第一次四本，第二次六本。

你来的信也都接到的，最后，这回规劝的信也接到的。

我很赞成，你说的是道理，我应该去照做。

祝好！

荣子　5月15日

奇不另写了，这里有在长城上得的小花，请你分给她几棵。

附录二

萧军致王德芬书信

第一封信

我的孩子：

回来的时候，你们的窗子已经没有了灯光，我想你是睡了，但是睡熟了吗？我是不知道的。故意使自己的鞋底放响些，说话的声音放亮些，为的是要使你知道——我回来了。能够借什么理由可以到你的屋子去一趟呢？借了取凳子的理由，终于我看到你，你似乎是睡熟了，我拿了凳子，但没敢碰一碰你，怕你会感到不安睡眠不好，同时也在防备着吴的疑心。第二次借了取蜡烛的理由，又算看到你。你赤着臂在胡写些什么呢？风很大，窗子也不落下来，不怕冻伤风吗？

本来我是不想出去的，大约吴怕我又要和你胡缠，所以拖着我到一些我不大高兴去的地方去，心里是不舒服的，但又不能过度违背了朋友的热心，我知道这会使你感到寂寞，所以急急要赶回来。

我们是恋爱着了！至少是我自己，虽然我曾一千遍约束着自己，但今天我终于吻了你，我的孩子！我是那样的踌躇和不安哪！同"初恋"一样，我曾向你说过在我要爱你的时候，也就是我离开你的时候了。但是现在我却不想离开，也许这又是一个悲剧的收场？我不想想它，反正对我全是一样——多添一颗胸珠而已。

我有一串胸珠，

每一颗全是那样美丽而鲜红。

这全是用苦痛和艰辛换来的呀！

它将伴我以终生。

　　祝你

睡得香甜！

你的小傻子

5月6日夜

第二封信

我的孩子：

　　我好像也有点要生病的样子，感到恶心，要呕吐……不过不要紧，我的身体是强壮的，只担心你自己好了。你给我的信，我又把它读过了两遍，我是懂得它们的意思的，其中有些是你所不要说的话，但是你终于狠着心肠说出了，说出就说出吧，反正……是如此了。

　　我不想写更长的信，说些空泛的、只能使你的感情感到不安的话。我为什么要用一些文字虐待我的孩子呢？她是我所爱的人……

　　今天我的心情似乎很安宁，但又很慌乱，有过不曾有过的快乐，也有过不曾有过的哀伤！只是梦一般的我倒有点害怕看到你了，不知这是害羞，还是歉疚！朦胧得像在梦中。

　　你睡下了，我倒想要你睡在我的怀中，用我那不大高明的催眠歌轻轻地使你睡过去，而后我听取着你那小小的鼾声……等待你的醒来，我们第一眼碰到……我想那是幸福的！但又怎能呢？你的哥哥他是坐在那里的。

　　我的日记我不想给你看，因为你要知道的我已经读给你听了，其余的都是些我自己琐碎的感情记录，这是一些有毒的东西，是不宜于给你读的。请相信我。我要向你讲的话，全讲过了，我不想在你的面前隐藏什么，不过关于我自己过去的一些伤痕的印记，却不想再显示给人，这对于我自己或是对于人全无益处。人是不应该尽做无益处的事呢，你以为怎样？

我敢这样担保自己，就是：我现在是这样的人，将来也是这样的人。我没有把自己的缺点隐藏一点，如果再大胆一点说，也许再过些时日，你会更"喜欢"我一点——注意：我没敢说您"更'爱'我一点"。

我很感念你的姐姐，她会那样代我们减轻了很多的痛苦！待有机会的时候，那是应该我们好好地致敬一番呢。

你的勇敢使我欢喜得要流泪！这是出乎我的意料，依我的猜测，经过这次风波以后，你会写一封骂我的信，而后我就悄悄地提起我的行囊走自己的路吧！你呢，还是照常地生活在您的幸福的家庭——从认识你的一天起，我早就准备着承担起这个悲剧角色的命运了。

我们将来会怎样呢？虽然我是很乐观，但终是要带一点战栗的意味想象着它……

虽然这后面还有半段纸，但是不想写什么了。今夜我如果搬了家……那么明天早晨，你不要忘记了把那几棵可怜的小花浇一浇吧，不要枯萎了它们。

明天早晨我也许去河边，河边好像成了我的故乡，有一天不去，那使我就怀念它。祝
你安宁！

你的小傻子
军
5月9日

第三封信
我的孩子：

姐姐留下一张壁报，让我给她做，我哪有这心情呢？但是还勉力地做了一些，余下的明天早晨再说吧，现在已经十一点了。

我在院中独自走了一回，想着我们将来的命运，我想，你的父母

是绝不会允许你随我去汉口的，除非你和你的家庭断绝了关系，这是你所不肯的，我也不想这样为了满足自己的爱，而使你断绝了家庭的关系。我们现在已有了这样情势，就是有我就不能有你的家庭，有家庭就没有我，这只有看你主观上的选择。

你的家庭那样侮蔑我，口口声声咬定我是坏人，不知道他们是何所依据。固然他们的头脑封建，但封建绝不能就算正当理由而随便伤人哪！难道我爱了他们的女儿（不是强迫）就算罪恶吗？我是那样严肃地执行着我的爱！我很想这样写一封信给你的父亲：

"你可以禁止你的女儿爱我，但是你不能够随便侮蔑别人……我可以不爱她……"

我当然用不到看他会给你寻一个什么"体面"的人，最大限度也无非是一个小官或走狗。

这封信我也许不会给你看的，也许在我临行时邮给你。

5月10日夜十二时

第四封信

我的孩子：

只因为衣袋里有你的一封信存在着，便到哪里也坐不坚牢！嘴里虽然在说着话，而心里却在诅咒这同我说话的人——为什么总是和我说呀？我要回家去看信啦！不知道吗？其实这被诅咒的人是冤枉的呢！

为什么你回去是那么不高兴啊？是为了我喝酒，破了我的约言吗？孩子，在我单独的时候，虽然苦痛压迫我，要我去喝酒，但我拒绝了它。孩子，要知道这也是很苦痛的斗争呢！至于在席上，我是不能那样固执了，这会破坏了别人快乐的空气。虽然勉强喝一两盅，也明知你不会怪我，但自己的心上总是感到一种可笑的不安呢！（刚写到这里，《民众通讯》社的于千带《民国日报》的苏之畅来了。）

从曹女士那里偷来了几块糖，临行时她又送给了我几块，一同存在我的抽斗里，等待明天早晨我买到花一同送给你。虽然这糖有点

"贼"味，爱的！将就着吃吧。

　　为了一个爻辞你竟痴着心眼去查《辞源》吗？今天我能见到你，这是我做梦也不曾想到的。我想至少要一个星期。当时我几乎要抱断你的腰，咬破你的嘴唇……但是我竟没能那么做呢！只是几乎把自己的嘴唇咬破了呢！

　　一个签能给你这样大的勇气吗？傻孩子！亏你长得"那么大的个儿"。我也说那签是太符合了。"……当他们清醒的时候，也是使我们更快乐更幸福的时候，你说会不会？……"我说："会的。"

　　你的一切痛苦全是由我这个"坏蛋"而来，我当然应当尽我的安慰责任，不过，你说我是个傻子，也许安慰的方法也"傻"一点，这还应该请你明白指示，俾做改良的方针。"……你会给我安慰直到永远永远……至少我是这么希望着"，不过那时候你该安慰安慰我了，并且还应该加一点利息，"至少我是这么希望着"。

　　昨天我在门缝里看得很清楚，又哭又笑的活像一个小疯子，不怕羞吗？好了，不再写什么吧，今天给你写的信要去卖稿费，至少可以卖十元钱，将来我是要向你算稿费的。

　　什么时候还能再见？把我的吻吻在纸上了，请你在那画着嘴唇的地方接过去吧！

你的小傻子

5月11日夜

第五封信

爱的：

　　现在我不知道如何是好！读完你的信，我几乎需要生出翅膀来，马上飞到你的身边，一直吻遍你的全身……我读着读着，心在跳……自己笑着……像有一股蜜的流泉，从我的胸腔里轻轻地引流出来，这是甜的，一种说不出的不能确定的甜法，但是又有一点酸味呢！你写得已经不算少了，但是我读起来感到不足，我几乎疑心路中丢落了一张，实际又怎能会丢呢？

大约姐姐怕把信先给我，电影会看不完就逃回来了，所以一直到出门她才给了我，于是我就开着快步跑到了家。路中我摸着那厚厚的一沓，我欢喜着想："这总有十页呀！"实际呢，才只有四页，四页已经不算少了。明天我要到那"心"里掏一掏，看一看你埋的是什么东西？也许不掏，这样会破坏了美丽！

晚饭是在丛家里吃的。同他出来原拟到"民众教育馆"去观看观看"甘肃学院"的演戏，路上碰到了姐姐，我就知道有你的消息来了，但是我又怎能问呢？只好跟着去看电影吧。电影是不错的，只是没有我所爱的人，那就什么全失去了光彩。掏心眼说话，《西北文艺》不是你作报头那是不舒服的，而且这一期你什么也没有，姐姐的稿子也没拿来……少写一点好吗？明天还来得及。我的精神很好，有六个钟头睡眠就够了。

那些傻子，他们疑心你会跳黄河吗？小猪！黄河是给他们那样人预备的呢！当你摸到那"心"的底时，它还平坦吗？承您夸奖："它是做得那么好哟！"够了，我应该替我自己喊一声"乌拉"和"万岁"！

有着浪花的海固然是可爱的，但那多少带点残酷意味呀！并且那浪花看得久了，会使人不安和疲乏，虽然，那静静的海，久了，也会使人感到空茫和寂寞。这将来会造成我小说中一个什么穿插呢？够了，我也是叫不出名来呢！这小说的穿插不容易呀，这才是真的苦痛和真的眼泪写成的呢。

你应该使自己健康起来，健康才是一切幸福的根源。自从我爱了你，我说过，从来一直到现在……没有起过一点近乎肉欲的念头。虽然我的身体是强壮的……就是当我每次吻着你，那也只是表达着我们爱的高潮，我的灵魂是清凉的，觉得自己过去那些烦乱，以及胶结在灵魂上那些近乎邪恶的碎片，它们是一天一天地纷落着了、消灭着了，呈现在你面前的那颗灵魂，我敢说那已经是一颗晶明的水晶球了，您相信吗？心也只是一颗孩子的心，要说什么就说什么。我相信你会给我幸福和安宁……我将来会像一匹愉快的马儿似的工作起来……您不觉得我说这话有点近乎自私吗？只是谈着自己的幸福。

差十分就十二点了，到我该睡的时候了。明天早晨再接写下去。您现在是睡了呢？还是在写信？还是躺在炕上在胡思乱想？如果可能我一定要跑去看一看，但是……这不能。

5月12日夜

孩子，这是第二天的上午八点四十五分了。我是刚刚从街上回来，为你（不，这是为"我"）买了两盒药，这药我是知道的，它很有效验，吃过两三盒，你的病一定要好一大半，接着吃下去那会全好了，想不到在此地还能买到它。这药并不贵，你安心吃吧，不要胡想别的呀。另外还买了四两葡萄干，不知你喜欢吃这东西不？这东西常吃也可以补血呢。那口香糖是恶劣的，但是此地是没有较好的了。（也许有，我没找到）"炒米"也可以助消化，随吃可以，放在稀饭里加一点糖也可以。

很意外的是我竟在一家小书铺里买到了一本近期的《七月》，这使我高兴啊！我对它亲切，因为那上面有着我的朋友们，而这个小东西——《七月》——又是我们几个人从艰苦中弄起来的，现在它竟出到了12期，这是很难得呢！虽然我对于办刊物之类并不热心，但旁人如果办起来，我也绝不偷懒，在《七月》的初几期，可以这样说，我是最大的卖力者。

不向你隐瞒吧！我看了这刊物，我有点怀念武汉了，我想假设我回去，我的朋友们（更是鹿地亘和池田幸子）他们会拥抱我，也许有的要流泪的，虽然过几天也许会为了什么问题，大家争论到脖赤脸红，但这是无害的，至少我们是彼此懂得，彼此是同志和朋友……谁也不记恨谁，至少他们不会造我的谣言。我一个人能离开兰州吗？假设不和你同在。我也曾想着我的梦，当我们在他们请我们的筵席上，我把你介绍给他们，他们会抿着嘴笑着，欢迎你……他们绝不能疑惑你是坏人……

我给你写信的这信纸，还是"七月社"的呢，想不到它是这样适于给你写信哪！洁白、宽阔……

今天起得很不晚，五点半就起来了。穿起衣裳，跑到河边，第一件事我就要把那"心"里你埋下的东西掏出来看看，起始还有点踌躇，终于为了一种孩子的好奇心，我开始用手把那沙土扒开了——天哪！你也做了贼啦！你竟把那样一颗小东西埋下去啦！我有心要咬下一口再放下去，因为泥沙沾结得太多了，不能吃，只好更深一点再把它埋下去。记住，我们谁也不许再去麻烦它了，就让它在那里消化着吧。

昨天新买了一面小镜子，从镜子里我看到我的脸色是红的了——没喝酒——小胡和眼眉好像加深了一些，看起来完全是健康的样子。爱的，放心吧，我会保护我自己总要像一只小公牛似的等待着你。

自己练习嗓音，还是在唱那两支歌——《奴隶的爱》和《鳏夫之歌》——还没有练好，嗓音还粗糙得怪难听，我很希望自己能唱几支漂亮的歌，更是能被你叫一声"好"——挖"心"你不已是叫过好了吗？

从丛那里借了一点书和杂志来，预备写一点短小的论文。《七月》在此地听说还能销到一百多份呢，真了不起。

红鸡蛋剩了一个啦！我刚才吃了两个，剩的一个我想给你带去，又怕东西太多姐姐带不了。姐姐怎还不来呢？是的，外面风太大了，这才是九点半钟。你可以看看《七月》中绀弩那篇文章，我吃饭的时候被"小鬼"问了。

来人了，不能写了。

安宁些吧，爱的，什么也不要在乎。

你的军

5月13日下午四时

第四章
东北流亡作家的创作个性与作品风格

第一节　孤寂的内在情绪

　　童庆炳先生指出："一切文学作品的产生，都是作家主体与表现对象相互作用的结果，是主体与对象相结合的产物。尽管并非每一个作品都是有风格的，但具有独特风格的作品，应该是主体与对象、内容与形式的特定的融合。文学风格就是作家创作个性与具体话语情景造成的相对稳定的整体话语特色。"[①]

　　创作个性是作家在创作实践中养成并表现在他的作品中的性格特征。这种性格特征是作家个人的独特的世界观、艺术观、审美趣味、艺术才能及气质禀赋等因素综合而形成的一种相对稳定的明显特征，它制约和影响着作品风格的形成和显示。同时，作家创作个性的形成和发展，更要受到客观社会条件的制约和影响，正如契诃夫所说：文学家是自己时代的儿子。任何创作个性和风格都毫不例外地受到作家所处的社会的政治、经济、哲学、文化等等的制约和影响。应该说，风格是作家创作个性的体现，时代是培植创作个性的气候和土壤。

　　20世纪30年代初期，日寇的铁蹄践踏了东北的土地，国恨家仇拨动着东北作家的每一根神经，一个共同的不幸像磐石一样压在他们心上。当他们被迫流亡到关内以后，生活的逼迫，远离故土的怀恋和热爱，重建家乡的责任，时代的感召，汇聚在一起，形成了东北流亡作家独特的创作个性和作品风格。

---

　　① 童庆炳. 文学理论教程［M］. 北京：高等教育出版社，2004:248-249.

在有关萧红的研究中，"寂寞"一词运用是最多的了。特别是对《呼兰河传》和《小城三月》的评价，尤其如此。呼兰河是寂寞的，有二伯是寂寞的，祖父是寂寞的，冯歪嘴子是寂寞的，洋医生是寂寞的，"我"也是寂寞的。从萧红整个的创作可以看出，她在探索人生的道路上，是在寂寞的呼喊声中前进的。这种寂寞感，贯彻于萧红整个创作之中。这就像冰心作品里的母爱，庐隐作品中的悲哀，丁玲作品里的叛逆等是他们作品的主旋律一样，这种寂寞感也是萧红创作中的主旋律。萧红在寂寞感中展现着她洁美的情操；在寂寞感中，蕴藏着她对不幸人们的深切同情；在寂寞感中，回荡着她对祖国和家乡的深厚感情；在寂寞感中，表达了萧红对生命的热爱和对人生的眷恋，它也显示了萧红创作思想的深刻。

萧红在《呼兰河传》里，通过对童年的回忆，通过对小城的"荒凉寂寞"的描绘，反映了她内心的孤寂和痛苦，这是萧红在孤独寂寞的微笑里描写生命的诗篇。萧红在孤寂中去抒写：沦陷了的家乡的美与可爱，其含意是深刻的。这样美丽的家乡，由于愚昧落后而制造了那么多的悲剧。这种愚昧落后毁灭了人间的欢乐，使一些善良的人在不自觉地去摧残人们的心灵和生命。同时，他们也给自己挖掘了坟墓，使自己也逐步向着死亡的路上走去。她以"忘却不了的，又难被忘却"的对家乡深深的爱来遣走她心中的孤寂感情。她在孤寂的心情下写的这些回忆文字，尽管画面色彩并不鲜艳，但却充满着浓郁的生活气息。它在寻觅着人生，呼喊着人生。它在悲剧的氛围里去探索生命的奥秘；在爱的坟墓里去捕捉生命的神奇；在死亡的悲哀里去寻求生命的欢乐。那段被多少人引过的《呼兰河传》寥寥数语的"尾声"，我愿意再引一次，来重新品味萧红的孤寂之感散发出的淡淡幽香：

呼兰河这小城里边，以前住着我的祖父，现在埋着我的祖父。

我生的时候，祖父已经六十多岁了，我长到四五岁，祖父就快七十了，我还没有长到二十岁，祖父就七八十岁了。祖父一过了八十，祖父就死了。

从前那后花园的主人，而今不见了。老主人死了，小主人逃荒去了。

那园里的蝴蝶、蚂蚱、蜻蜓，也许还是年年仍旧，也许现在完全荒凉了。

小黄瓜、大倭瓜，也许还是年年地种着，也许现在根本没有了。

那早晨的露珠是不是还落在花盆架上。那午间的太阳是不是还照着那大向日葵，那黄昏时候的红霞是不是还会一会儿工夫会变出来一匹马来，一会儿工夫变出来一匹狗来，那么变着。

这一些不能想象了。

听说有二伯死了。

老厨子就是活着年纪也不小了。

东邻西舍也都不知怎样了。

至于那磨坊里的磨倌，至今究竟如何，则完全不晓得了。

以上我所写的并没有什么优美的故事，只因他们充满我幼年的记忆，却忘不了，难以忘却，就记在这里了。

茅盾在《呼兰河传》序中用了这样几个句子：

萧红的坟墓寂寞地孤立在香港的浅水湾。

在游泳的季节，年年的浅水湾该不少红男绿女吧，然而躺在那里的萧红是寂寞的。

萧红在写《呼兰河传》的时候，心境是寂寞的。

在东北流亡作家中，骆宾基受萧红的影响是最大的。这两位作家有一个共同的特点：从疾言厉色的作品如《生死场》《边陲线上》的早期创作到行文舒缓的如《小城三月》《北望园的春天》的后期创作，一路走来，审美情感由粗粝趋于精致。

　　通览骆宾基的创作，会有一种强烈的寂寞情绪游动在读者心中。《幼年》以一个不谙世事的孩童为叙述主人公，主人公的父母是从山东闯关东，来到塞外边陲小城。家庭又经历了破产没落，可谓从小康坠入困顿。作家在通过家庭显现东北三等小县城的社会风貌时，细心的读者，能从小姜步畏的情感中，体味到作家内心的忧郁和孤独以及诸多无奈。姜步畏的母亲是被骗给人"做小"的，因此，姜步畏从懵懂开始，就在心里郁结着一块心病：为什么对自己和蔼可亲的妈妈一见到爸爸就满脸不高兴？父母之间的龃龉常常迁怒到姜步畏身上，使他幼小的心灵承担了难以承担的忧愁。骆宾基通过细节描写，把一个三到六岁孩子用尽心思想让大人惊喜或好奇却遭大人不理睬或冷淡处理时心里的灰暗和无奈描画得淋漓尽致。在骆宾基其他小说中，也不难看出这种情绪。如《北望园的春天》中那个每天站在大街上反复摆放几块糖，希望有人来买的老婆婆，《寂寞》中在医院养伤的那个伤员，《生活的意义》中那几个无聊的军人，《蓝色的图们江》中的人参精灵们，等等，都表现出人生的百无聊赖。在《乡亲——康天刚》中，康天刚怀着炽烈的爱的诺言，十七年踏破山峦荆棘找人参，表面看似轰轰烈烈，但他的内心是何等的寂寞；贺大杰代表的参加过西安事变的东北籍官兵是寂寞的；赵人杰所代表的国统区穷愁陌路的知识分子是寂寞的……

　　生命是美好的，但孤独的生命还不如没有生命。在《蓝色的图们江》中，从仙界到人间，从植物到动物，孤独成为难以克服的心理障碍，甚至可以说，是"孤独"推进了故事情节的发展。果木仙耐不住为王母看守果园的孤独，才招来了风流大仙吕洞宾的一段风流韵事，从而引出图们江两岸的二十四对人参的故事；孙老头儿耐不住婚姻生活的寂寞，才来闯关东，才有小画眉寻父从而与草精灵相爱这段故事；若不是黑斑虎发出寂寞孤独的三声长啸，就不会招来挖参的访山客……所以，感叹生命的孤独和寂寞，寻求人生理解是这部中篇神话的整体内蕴。

可以说，在东北流亡作家的作品中，孤独和寂寞作为一种内在潜隐的情绪，多处可见。萧红独语式的小说特色，端木蕻良倾向的深深隐藏，骆宾基对人生无奈的感叹，都是这种内在情绪的文本体现。应该说，东北流亡作家创作中的潜隐的寂寞中，"有人生的思考，更有民族的忧患和社会的悲愤。是热切的民族和社会的使命感受到阴凄黯淡、卑庸污浊的环境抑制和压抑时的一种冷嘲，一种心理反拨"①。

东北作家这种内在情绪的生成，可以追溯到两个原因。

首先，是社会原因。东北作家遭遇了丢失家乡的不幸后，被迫流亡。产生孤独和寂寞的情绪是再自然不过了。他们从关外逃亡到关内以后，经受着多重痛苦：家乡沦陷的痛苦；作为外乡人无所依附，被人歧视的痛苦；流落街头，几乎成为乞丐的痛苦；看到关内从上至下对东北沦陷的漠视和冷淡，在心理和情绪上都感到一种难言的失落的痛苦……

其次，东北流亡作家的个体生活体验也是这种情绪生成的重要原因。

萧军出生六个多月的时候就失去了母亲。母亲非生病而死，而是挨他父亲一次殴打，不堪忍受才服毒自杀的。萧军幼年的时候，别人问他长大了干什么，他竟毫不含糊地回答："给妈妈报仇哇！"引起父亲一声哀叹："你不是我的儿子！"②萧军不知道自己的妈妈长什么样，只是偶尔从邻人或亲戚那里听到这样的话："这孩子的眉毛和嘴有点

<hr>

① 杨义. 中国现代小说史［M］. 北京：人民出版社，1998：311.

② 彭国梁，李渔村.《中国现代文化名人亲情散文选》［M］. 长沙：湖南文艺出版社，1992：489-490.

像他妈，眼睛却不像了。他妈妈是一双长睫毛大眼睛，又黑又亮，眉毛和头发黑得像墨染过一样，这孩子的鼻子和眼睛却像他那丑爹。"[1]这种无法改变的家庭和遗传的不幸，无疑会给萧军的内心打上难言的痛苦。

萧军自小就是旧世界的叛逆者。在高等小学里，他因反抗实行体罚和蛮不讲理、倚持暴力斥骂学生的教员而被开除。一个比他大的孩子欺负他，他竟用石头将对方的脑袋凿了一个洞！父亲毒打他，他既不告饶，又不逃跑。后来他长大了，又学了武术，父亲再打他，他就不客气地对打，使父权扫地，父亲又给他下了定论：他学徒，会打死师傅；学买卖，能气死掌柜！

后来萧军进了东北陆军讲武堂，那是少帅张学良开办的，等级森严。他仍不安分，被打手板、关禁闭，好容易熬到临近毕业，却又因打抱不平，与中队长发生冲突，盛怒之下，他抢起手中铁锹将中队长劈死，又一次被开除。

萧红的父母都重男轻女，母亲封建思想浓厚，且又体弱多病，不愿让萧红识文断字，让萧红在家哄孩子，因此母女之间的感情不深。八岁丧母，继母对她脸上是笑，内心是冷。童年的萧红是孤独寂寞的，她没有得到多少父爱与母爱，父亲常年在外，父女之间感情陌生。萧红只得到祖父的溺爱，而这种溺爱的程度又到了"娇纵"的地步：要吃烤鸭子可以马上烤，毁坏了东西反而受到了表扬。这种反差，使萧红的性格有些畸变。除了祖父之外，很少有谁对童年的萧红给予情感关怀。

孤寂是萧红几乎所有创作的情感主题。

端木蕻良的母亲是佃农的女儿，因为貌美，被端木蕻良的父亲强抢成婚。端木蕻良是他们最小的儿子，母亲常向他诉说自己的身世。因此，他从小就对母亲的遭遇充满同情。"我的美丽而纯良的母亲的

---

① 彭国梁，李渔村.《中国现代文化名人亲情散文选》[M]. 长沙：湖南文艺出版社，1992：489-490.

被掠夺的身世——一个大县城里的第一个大地主的金花少爷用怎样残酷的方法掠夺一个佃农的女儿——这种流动在血液里的先天的憎、爱，是不容易在我的彻骨的忧郁里脱落下去吧！而父系的这一族，搜索一切的智慧、迫害、镇压，来向母系的那族去施舍这种冤仇也凝固在我儿时的眼里，永远不会洗掉。"①

骆宾基出身于小商人家庭，她的母亲同他父亲拜堂时才得知自己是做小的，在骆宾基幼小的心灵里，父母之间的不和睦一直使他心有余悸。母亲与父亲每次拌嘴后，都要对年幼的儿子撒气，说些大人随意说出而孩子却万分担心的话。

童年的不幸和孤独对一个人来说，是终生难忘的，也是一个人性格形成的重要因素。由于社会原因的一致性，个人原因的相似性，东北流亡作家在创作过程中，具有孤独和寂寞的内在情绪。

① 中国现代文学馆. 端木蕻良代表作 ［M］. 北京：华夏出版社，1998：368-372.

第二节　凄美的回忆式

　　在艺术构思中，从生活里蜂拥而来的一切刺激、信息都在这里不断地融汇、碰撞、解体又重新聚合，以往零碎得来的艺术发现都要在此时受到检验、连缀、整合和升华。千万个念头刚冒出来又倏尔逝去，紧接着又涌来千万个新的想法。作家的大脑像风车一般旋转，心理承受巨大的压力。每位作家都是文学生产线上独特的创造者，都有自己不同的方法和特点，但从艺术构思的一般过程来看，其心理机制又有一些共同之处。

　　回忆就是积极地和有意义地从记忆中提取信息。它是艺术构思的重要机制。有时作家有一个很好的创作意念，却苦于无法下笔，常常是因为他大脑中缺乏有关的信息或遗失回忆不起来有关的信息。构思中常用的回忆方式有：直接回收法，即把那些对自己刺激最强或最熟悉的信息直接与中心意念挂上钩；挨次扫描法，即对记忆的所有相关内容反复而有系统地搜寻，直到找出所需要的信息；按层次推论法，即把所需回忆的信息按类别、分层次地在头脑中搜查。回忆不是记忆材料的机械重现，而是在思维的参与下对以往经验的筛选；它也不能原模原样进入作品，必然经过加工、改造和情感的浸润。回忆的发生是由于人在记忆时已自发地将信息压缩为一簇簇的集合体，一个集合体就是一组内部联系紧凑的信息项，它能够像一个单词一样被人记住。当外在刺激或内在需要与创作的中心意念挂钩时，神经传导活动能够迅速把它传给大脑，作家便可能在那些集合体中找出所需要的信息。

东北流亡作家的作品中多处表现出对故乡凄美的追忆，在文字里随处可见东北的白山黑水、大漠平原；随耳可闻随时可感呼啸的割脸的老北风；还有在这块广漠的土地上像蚂蚁一样生活着的乡亲。在回忆中表达了别样的希冀和憧憬。萧红为人女，为人妻，为人母，都是失败的。她只能用文字来承载心中迷离的负荷，以此消融心头漂泊的落寞。作家意欲回归，却只能梦回呼兰，倾诉心境的荒凉与颠沛流离的人生，挖掘亡国人性的荒凉。在拷问生死的命题时，萧红孤独行进在"出发"与"归来"之间，"出发"乃因爱与温情的求索而出发，"归来"即梦回呼兰河童年往事的再现。三十一年的悲凉人生路，由逃婚、饥饿、难产、疾病、死亡交织而成。其作品基调的悲凉有源自个人的情愫，更有黑暗动荡的社会流亡的原因。作家的生命历程是不停流动的过程，但创作的视点却始终为静态的童年、呼兰河所牵制，呈现出以呼兰河为轴心的扇形画面。正是特定的流亡生活，致使作家无法逾越这种孤寂与荒凉的凝聚。

正是由于回忆式方法的采用，成功地拉开了作家与生活的心理距离。"在美感经验中，我们一方面要从实际生活中跳出来，一方面又不能脱尽实际生活；一方面要忘我，一方面又要拿我的经验来印证作品，这不显然是一种矛盾吗？事实上却有这种矛盾，这就是布劳所说的'距离的矛盾'。创造和欣赏的成功与否，就看能否把'距离的矛盾'安排妥当，'距离'太远了，结果是不可了解；'距离'太近了，结果又不免让实用的动机压倒美感，'不即不离'是艺术的一个最好的理想。"[①]这种"距离的矛盾"，指的是美感中超脱实际生活而又不脱尽实际生活、忘我而又有我的矛盾情况。"艺术家之所以为艺术家，不仅在能感受情绪，而尤在能把所感受的情绪表现出来；他能够表现情绪，就由于能把切身的情绪摆在某种'距离'以外去观照。"[②]

① 朱光潜. 朱光潜美学文集（第1卷）[M]. 上海：上海文艺出版社，1982：25.

② 朱光潜. 朱光潜美学文集（第1卷）[M]. 上海：上海文艺出版社，1982：28.

艺术家的生活体验和强烈情绪感受并不等于就是艺术，艺术家在表现某种生活体验、情绪感受时，需要对实际生活中的体验、情绪进行认识、提高、思索和提炼。只有这样，才能使生活中普通的情感体验具有深刻的社会意义，是生活中的情感变成艺术中的情感。

也就是说，审美需要审美主体和客体之间产生心理距离。太近，看不到事物的总体和全貌；太远，事物的轮廓就会变得模糊甚至消失。只有不太近也不太远，才能够看清全貌和各部分之间的关系。审美态度应与现实生活态度拉开一定的距离。人的情感很奇怪，当你身在其境时，很多事物好像视而不见、听而不闻。一旦离开，这些事物就会变本加厉地萦绕在你的头脑中，挥之不去。东北流亡作家饱尝了无家可归的流亡之苦，这种流亡心态，随着时日渐久，就转化为对家乡、童年及一切过去美好事物的忆念。东北流亡作家的成名作基本上都是逃亡到关内遥望关外而作。萧红的《呼兰河传》，端木蕻良的《科尔沁旗草原》，骆宾基的长篇自传体小说《幼年》等都是代表。不仅如此，就连作家们给作品命名时也注入了回忆的倾向。如萧红的《北中国》，骆宾基的《北望园的春天》，端木蕻良的《遥远的风砂》，等等。在东北流亡作家的心里，始终萦绕的是"我的家在东北松花江上"，那里的白山黑水，大漠草原，民俗风情，时时与流亡的儿女们彼此呼应。逢增玉先生称东北作家的创作为"流亡者的歌哭"，十分恰切。

萧军在《绿叶的故事》序中说：

> 我是在北满洲生长大的，我爱那白得没有限际的雪原；我爱那高得没有限度的蓝天；我爱那墨似的松柏林；那插天的银子铸成似的桦树和白杨标直的躯干；我爱涛沫似的牛羊群，更爱那些彪悍爽直的人民……虽然那雪和风会像刀似的刮着我们的脸，裂着我们的皮肤……但是我爱他们，我离开他们我的灵魂感到了寂寞！

端木蕻良在《大地的海》后记中写道：

　　我的故乡的兄弟的英勇的脚步，英勇的手哇，我愿用文字的流写下你们热血的流。抬起含泪的眼我向上望着，想起了故乡的蔚蓝的可爱的天！我的儿时的游侣，我的表哥们，我的亲生的哥哥，我的发锈的笔没有亵渎了你们吗？请原谅我文字的拙劣。但看着我的心！我的兄弟，我的曾相识的兄弟，一样的明月照着我们，而你们却拿着枪杆在高粱林里，我手握着的是单弱的笔杆，在低低的檐下。你们也没有我这么多的感触吧，你们也没有这些的泪。

端木蕻良的散文《有人问起我的家》中有这样的话：

　　最使我感到一种内心的悻痛的，是一个漂流在异地的和我是一块土上的一个年轻的孩子的狂热的来信，他的热情，照见了我中学时代的追求和梦想，唤起了我对故乡的不可摆脱的迷恋，使我感受到人类心灵交感中的热爱，而最使我痛苦的，是他问起了"我的家是在东北角上的哪一点"，我最大的不情愿，是故乡在我的眼里给我安放下痛苦的记忆。我每一想起他，就在我面前浮出了一片悲惨的世界。当然在别处我看到的浓度比他更重，花样比他们更显赫的可怕的悲痛和丑恶。但是，请原谅，那是我的降生地。他们是我第一次看见的人间的物事。倘能逃避痛苦，我敢以生命打赌，我绝不愿意和痛苦为邻的。所以我也需要忘却。

　　我是没有那么飘飘然的襟怀的，也不那么有出息，我是牢牢地记念着我的家乡，尤其是失眠之夜。

端木蕻良是以土地和人的苦恋倾慕的行吟诗人自诩的，在他于文坛崭露头角的岁月，几乎是朝朝夕夕思念着和招祭着科尔沁旗草原和鸳鹭湖的精魂。

　　深爱家乡怀念故里是人之常情，也是许多古今中外作家所经常采用的情感表达方式。而东北流亡作家独特的回忆式创作旨趣的形成，当然有其独特的缘由。

　　我们在欣赏朱自清《荷塘月色》时，都被他所描绘的荷塘中的月色和月色下的荷塘所感染，而这篇散文的创作背景在文章的第一句话中透示出来："这几天心里颇不宁静。"为什么不宁静呢？是大革命失败的创痛袭扰着作者的心。朱自清是宁可饿死，不吃美国救济粮的具有民族气节的知识分子，但在写作《荷塘月色》的当时，他的心境是矛盾的。文中有这样的句子："酣眠固不可少，小睡也别有风味的。""我爱热闹，也爱冷静，爱群居，也爱独处，像今晚上，一个人，在这苍茫的月下，什么都可以想，什么都可以不想，方觉是个自由的人。"这些句子，都隐约地表达出作者当时矛盾的心境——既有创痛的袭扰，又有暂时超然物外的悠闲。也正是在这种情感中才可以写出那么优美的散文。

　　与朱自清相比，东北流亡作家丧失家园的创痛不是一个月朗星稀的美妙之夜所能抚平的，再加上流亡的不幸，所以东北流亡作家的创作在前期都是悲愤之作。但随着他们在关内生存条件的改善，特别是当他们在文坛上崭露头角以后，他们的心境与以往相比，会产生一些变化。一方面，家乡人民还处在水深火热之中，如火如荼的抗战还在家乡进行着；另一方面，作为远离战火的流亡作家，既能体味故乡亲人浴血奋战的惨烈，又可以旁观者的心态将自己的一切希望与痛苦、现实与想象、幸与不幸等等情感通过文学的形式加以表达。回忆的东西意味着这种东西的消逝且不再来。东北流亡作家对家乡的怀念、对儿时的记忆经过乡土沦丧和离土流亡之痛的浸泡，就显出别具一格的凄美。在这种凄美的回忆叙述中，作家们从家乡的山川草木间寻找百撰不灭的民族精魂，在塞外大旷野的坦荡胸襟中寻找元气充溢的诗情的艺术旨趣。笔下汨汨地流淌出浓浓的乡情，真切地刻画了铮铮的硬骨，在看似淡淡的叙述文本中，让读者获得了别样的审美享受。

第三节　多元的审美追求

一、悲情之美

悲剧,是将人生有价值的东西撕破给人看。揭露日寇的罪行,歌颂东北人的奋起,无可置疑地成为东北流亡作家创作的主要内容和主题,同时作为整体话语特色,又构成了东北流亡作家的作品风格的悲情之美。日寇的入侵是造成东北作家流亡的直接原因,因此,揭露日寇的罪行,歌颂东北人的奋起,就成了东北流亡作家的原初创作动力。它既是东北流亡作家创作的题材内容,也是东北流亡作家创作取材的背景。从中国现代文学史上第一部以东北抗日斗争为题材的长篇小说《万宝山》开始,到关外作家在关内打响的《生死场》和《八月的乡村》,再到《没有祖国的孩子》《呼兰河边》《边陲线上》《大地的海》《伊瓦鲁河畔》……可以说,作为一个时代背景,特别是作为东北20世纪30年代的时代标志,日寇的入侵和东北人的奋起反抗始终贯穿于东北流亡作家的几乎所有创作之中,已经形成风格。翻开东北流亡作家的小说,日寇在东北烧杀淫掠的行径使读者感到触目惊心。在萧军的《八月的乡村》中,我们看到的是这样的惨不忍睹的场面:

　　路上随时可以看到倒下去的尸体。女人们被割掉了乳头，裤子撕碎着，由下部流出来的血被日光蒸发，变成黑色。绿色的苍蝇盘旋着飞。

在骆宾基的《边陲线上》有这样的对话：

"关二虎给毙掉了。""那么，尸首呢？""在杀人场岔道那儿，头挂在树上。"

罗烽的《呼兰河边》写到一个十二三岁的放牛娃，被日本侵略者怀疑是抗日义勇军的探子而遭残害。日本侵略者吃了他放的小牛，并将他的尸身和牛的骨头扔在土岗后的草丛里。在东北作家的笔下，被日本侵略者逼疯的形象更能激起读者的强烈义愤。如骆宾基的《罪证》中的吴占奎，本是一个只知埋头读书、不问政治的善良大学生，甚至九一八事变也没在他脑海里占多大位置。但就是这样一个书呆子，却被日本侵略者认定为政治嫌疑犯关押起来，逼迫成疯子。再如罗烽的《荒村》中被人称为"人妖"的女人，她是被日寇作践疯了的农民妻子，她蓬头垢面，每天躲到井里去过夜，常在死寂的夜里发出凄厉的歌声，最后被活埋在井里。类似的例子不胜枚举。即使在一些没有直接描写抗日的作品中，如端木蕻良的《科尔沁旗草原》，还有骆宾基描写大后方颓废军人或小百姓生活的篇什里，也是以日寇的入侵和统治为背景的。

日寇的入侵以及残暴的兽行，并没有泯灭东北人民的民族正义感，相反，激起了他们奋起反抗的汹涌热血。东北人民——历来安分守己，善于在极其恶劣的环境下乐天知命地生活着的东北人民，当他们眼看着自己的兄弟姐妹、父母子女被侵略者杀害，眼看着自己的土地被强盗霸占的时候，他们用粗拙的力量，以"拼一个够本，拼俩赚一个"的精神奋起反抗了！他们或组成人民革命军，或参加抗日救国军，在敌人的刺刀和枪弹下，在敌人的酷刑威逼下，坚守着生命的尊严。

正如胡风在《〈生死场〉读后记》中所说，苦难里倔强的老王婆站起来了，忏悔过"好良心"的老赵三也站起来了，连那个在世界上只看得见自己的一匹山羊的谨慎的二里半也站起来了。为了抗日，他们喊出的是"千刀万剐也愿意"！哪怕"我埋在坟里，也要把中国旗子插在坟顶，我是中国人！我不当亡国奴，生是中国人，死是中国鬼"。

二、苍凉和野性之美

一个民族遭受外族欺辱时，原始和野性的生命力往往最容易体现。生活在这样的时代里的作家，可以通过不同的方式对原始和野性的生命力加以描写，以满足读者的要求。东北流亡作家是通过人物塑造和环境描写来实现这一审美追求的。鲁迅在为《生死场》作序时说："这自然不过是略图，叙事和写景，胜于人物的描写，然而北方人民的对于生的坚强，对于死的挣扎，却往往已经力透纸背。"鲁迅的这一评价不仅概括出萧红《生死场》的风格，其实也可以用来概括东北流亡作家对执着生命力量的原始和野性的描写这一风格。

《生死场》中萧红用越轨的笔致，表现了弱势群体异常的生命韧性，特别是对女性的生产的描写令人战栗。麻面婆在生孩子时痛不欲生，大声哭闹："肚子疼死了，快拿刀把我的肚子给割开吧！"金枝被成业本能地爱过之后，同样逃不出"在炕角苦痛着脸色，在那里受着刑罚"的生产之苦；五姑姑的姐姐被难产折磨得奄奄一息，脸色灰白，仿佛是具僵尸，接生婆为避"压柴（财）"之嫌，竟然卷走产妇身下铺的柴草，让她光着身子在炕上爬滚。这些女人，经历了死的考验，终究又活了过来，而且从她们嘴里，从来听不到对命运的埋怨，好像她们的生命能经得起任何不幸的打击。萧红还将人的生产与动物的生产混在一起叙述：房后草堆上，大狗在生小狗；窗外墙根下，母猪在生小猪；牲畜们都在不知不觉中忙着栽培自己的痛苦——夜间乘凉的时候，可以听见马厩或是牛棚中传出异样的声音来。在萧红笔下，人和动物本能的生养，表现出原始和野性。这是一种任何力量都不能阻碍的生命力量，无论遇到怎样的痛苦和磨难，都无所畏惧。

《八月的乡村》里萧军用粗犷的笔法，塑造了李七嫂和唐老疙瘩两个人物形象。他们无论在相爱时还是与敌人抗争时，都表现出原始和野性的生命力。在站岗守望的空当，唐老疙瘩到李七嫂那里偷情，小说中有这样的叙述：

> "你不去守望，又跑到这里来干吗？"七嫂的眼睑浮肿一点，眼睛发燃一直热望地追随着这个年轻农民每个动作。那浓密黑黑的头发，那棕色宽阔完全裸露的肩脖头……什么全使她惊心！
>
> "孩子睡着了吗？"
>
> "孩子睡不睡，关你什么事？你个屁东西……又打什么念头？"七嫂这样说，唐老疙瘩却只是沉静着声音，更甜蜜地在七嫂不提防中，拧了她一下充血的颊。这使七嫂的脸更红了！显然可以看出她心脏起伏的不平匀。
>
> "你等着……我放下孩子……非痛打你这东西一顿……你不知道厉害！"
>
> 孩子确是放在炕上了，七嫂却没有真的来打这个年轻的农民。她只是红着脸颊不敢抬头来整理自己散乱下来的头发。
>
> 在一刻的辗转中，这个青年农民的短须，已经开始刺到那充血的嘴上。棕色、宽阔而多肉的肩脖头，也早是高高地压到那双值得夸耀的乳峰上。起始什么全是无抵抗的和谐

的，继续是死一样的斗争了。嘴里骂着，粗野地骂着，谁全
要将谁裂食了那样才甘心！

这段描写，透视出青年农民带有原始的野性的爱之力，也是生命
的涌动之力。当早已经历了丈夫被日本侵略者打死的李七嫂，又经历
了孩子被侵略者摔死，情人也被侵略者打死，自己又被强奸以后，萧
军在《这样一个女人》一章里写道："她从昏迷中醒来，爬着捡起情
人的步枪，凭借着树干颤抖着立起，抛开自己被鬼子撕碎的裤子，剥
下情人的衣服，穿在自己身上。迈着坚决的、忍受的步子，去追赶
队伍。"

端木蕻良对野性的呼唤更是独特的。他构筑的科尔沁旗草原，是
储藏原始之力的地方。在这里，父亲一族当年就是用原始的野性之力
抢夺了母亲一族的土地，开始了他们的生命旅程。在端木蕻良的多部
作品中，作家以鹭鸶湖的朦胧月影、浑河的湍急浊流、内蒙古草原的
凄厉的风沙，沉雄悲切地把人们带向一个广漠寥廓的关塞之外的世
界。端木蕻良笔下的大山、铁岭、煤黑子、双尾蝎等形象，传达给读
者一种生命的粗犷之美。

骆宾基的《边陲线上》描写了一支由苦工、学生、商人、胡子
混合成的民族反抗队伍，展示了东北人民面对异族侵凌揭竿而起的
原始状态。作品广泛地触及了边陲之地犬牙交错的民族矛盾。作者
把人物的活动放在高山丛莽、虎啸狼嗥、雾罩鸦鸣的塞外荒凉环境
中，更加有力地突出了这支抗日队伍生存的艰难。《乡亲——康天
刚》是骆宾基小说中颇具悲壮之美的篇什。康天刚为了心中的爱，
不惜抛家离土，在深山老林里找参十七年，那种超越天命而恪尽人
事的生命意志，充满传奇的特点。作家的笔端透视出对原始和野性
的赞誉。《蓝色的图们江》是骆宾基的中篇神话，作者用神来之笔描
绘了图们江两岸美丽的大草原、智慧的草精灵、强力的黑熊和黑斑
虎，并以大地和太阳的爱情为故事源头，赞美了原始的荒凉和野性

之美。

东北在历史上被称为"关外",大漠荒原,土地辽阔,人烟稀少,具有天然的荒凉之气。作家将颇具原始和野性的人物形象放置在这样的自然环境下,再与社会环境相结合,可谓珠联璧合。东北流亡作家注重人物塑造和环境描写的有机结合,达到了相互映衬,充分体现了荒凉和野性之美。

荒凉和野性之美还表现在东北作家对胡子的大量描写。在中国现代文学创作中,曾出现一些各具姿态的土匪形象,如艾芜笔下西南大山中的"盗马贼",沈从文写过的湘西"山大王"等。东北流亡作家笔下的胡子还保存着农民的纯朴,甚至还都带有鲜明的叛逆者的色彩。他们是被挤出生活常轨的一群,为匪为盗,同地主豪绅以至官府作对,以维护自己的生存。这些土匪形象的出现不仅同20世纪30年代文学所重视的反抗主题与革命精神有相通之处,而且也增强了东北流亡作家审美追求中的苍凉和野性之美。

苍凉和野性之美是东北流亡作家独有的创作风格,是东北这块特殊的土地上长出的参天大树。

三、自然之美

在审美形态中,自然不仅被感知为美的现象,更是人的实践行为的对象,自然不是作为社会的对立面出现的,而是成为人生必不可少的组成部分,成为物性与人性完美、和谐的统一。因此,我们对于东北流亡作家的审美追求和创作风格的研究就不可避免地要涉及自然之美。

自然之美在美的存在形态中占有非常重要的地位,大自然给人提供了无限广阔的审美领域,朝阳晚霞、春花秋月、长河落日、园林田野等,都是自然美。大自然以其美景秀色,给人以多方面的精神享受。恩格斯说过:"大自然是宏伟壮观的,为了从历史的运动中脱身休息一下，我总是满心爱慕地奔向大自然。"① 自然美的巨大感染力量在东北流亡作家的创作中主要表现在以下几个方面：

首先表现在对于雄浑的自然之美的追求。例如端木蕻良的《遥远的风砂》中写道：

　　说马啸是塞外的声音，也不是不可以的。因为原野的鹰，是有着鹫一般的高傲的，不会学这雀鹰子，灰鹰，青鹰……那样小家子气，一捕获了食物，就叽叽喳喳地叫的，它永远是悠闲地在蓝天里浮着，像一个神秘的巫婆，默念着咒语在兜圈子。

　　黄羊子在塞外是精巧的造物。娇小的腿，如同袅袅欲折的竹节。它经常竖起薄薄的小圆耳朵，向远方去听。它是神经质的，而且受不到保护，有一星儿风声草动，就只好拿起腿来便跑。它的速率是可惊的，转瞬之间，依然是沙碛，远山，古道，成群的黄羊子早已不见了。……远远的天，飘来寥落的风响……

　　"这就叫，龙门锁！你看这势派！……这是寿桃山，山上是吴王夫差的点将台，下边是舍身崖……峭壁上有昌平侯杨洪写的大字，'四方屏障''五路咽喉'，一个字都有一亩田大！"

　　…………

　　寿桃山通体是裸裎的青岩石组成的，铁黑色，有成千成万的山燕子在岩石上做巢，叽叽地叫着。

　　行近了，天光马上为翠蓝色的翼子所遮蔽，显得苍黑了。青燕落在岩石上，又飞起来，吱冷冷地叫着，又飘遥遥地飞。

---

　　① 恩格斯. 致乔·威·兰普卢（1893）[M]//马克思恩格斯全集（第39卷）. 北京：人民出版社，1974：63.

刚一进山口，一股劲风，沙沙沙……黑沙每个颗粒互相摩擦着，攻打着，沙沙沙……人们有十个脸，也是徒然，那刺痛真使你想叫出，可是喉咙又被强虐的风给灌满。

　　沙……黑沙发出残酷的呼声。

　　"马"和"鹰"，"悬崖"和"风沙"是东北这片土地上常见的事物，东北人民长期与之相伴，在性格心理的形成和发展上不可避免地要受到这些自然景物的影响，只是身在其中不能自觉地反映出来。然而，这一时期的社会历史环境迫使东北作家们流亡关内，当他们远离家乡、远离战火的时候，对于这些雄浑奇险的自然之美的感情和赞叹就油然而生，并在作品中形成了大量的文字记述。对此，康德曾就该特征的审美心理做过生动的描绘："高耸而下垂威胁着人的断岩，天边层层堆叠的乌云里面夹着闪电与雷鸣，火山在狂暴肆虐之中，飓风带着它摧毁了的荒墟，无边无界的海洋，怒涛狂啸着，一个洪流的高瀑，诸如此类的景象，在和他们相较量力，我们对它们抗拒的能力显得太渺小了。但是假使发现我们自己确是在安全地带，那么，这景象越可怕，就越对我们有吸引力。"[①]

　　其次，表现在对幽静的自然之美的追求。人们普遍认为，东北地处蛮荒之地，自然环境相对来说比较恶劣，因此养成了东北人豪迈、勇敢、坚强、敢于抗争的性格特征。但事实上，在东北人的性格中，特别是在饱受战争洗礼而流亡在外的东北流亡作家的性格中，对于平静安宁生活的渴望、对于风景如画的故乡的眷恋也毫不逊色。例如骆宾基的《边陲线上》有这样的描写：

　　郊野伸展开来了。远处的山岭，像是屏风，能够渺茫地辨出。周围极其沉寂。沿生在小道两旁，是些矮曲的林业。

---

　　① [德] 康德. 判断力批判（上卷）[M]. 宗白华，译. 北京：商务印书馆，1964：101.

空旷的野外，飘散着草的香浪。使人畅快而神怡。一些婆丁草种，趁着毛翅，在空间任意流荡。一杆高的朝阳，遍洒着金色的辉光，野地上朦胧地升起了蒸汽。平坦的道路，向远处伸展着去。巨蟒似的长垄，铺满苞米、高粱、谷类的柔苗。沿着道旁的稀树，有鸟雀从叶间飞出，敏捷地消失到远方。星散的茅屋，一座座孤立在田野间。反映阳光的用铁盖成的屋顶，盘绕着淡白的炊烟。院落里的干草堆，高高地矗立着。禽鸟飞集在那尖端，搜寻谷粒和甲虫。

净洁的月亮从云隙里闪出了银辉。无边际的山岭，绵延着，向远处去。阴凉的草丛，形成了广漠的海。冷风吹拂起波纹，清晰而明朗。

谷旁树丛，垂下凉阴。阳光穿过枝间，草地上印着淡黄色的碎辉。多长的老桦树的厚皮，爆裂开层层的白花，巨粗的树根爬出了谷口，直如长蟒静伏在那里。

空中的云雀，无声地在翔回。塞北特产的婉转悦耳地低叫着。畅快而灵便的金丝雀，在啄着柔虫，回巢去献给爱雏。

清朗的高空疏星们相互地挤弄着鬼眼。微风送来了寒气，预言初秋的到来。苞米叶子，高粱叶子……全部沙沙地做出了亲昵的微响，像是猥亵的偷情者的细语。大豆和秀谷则漂泛起柔浪。

如果说雄浑的自然之美蕴藏着东北流亡作家对于壮丽宏伟人生的追求，那么在幽静的自然美中我们可以看到东北流亡作家对于内心、人性、柔情以及博爱的关注和探寻。在远离战争的今天，在东北已历经沧桑巨变的今天，我们重新品味东北这块土地的别样风貌和幽静之美，就显得更加重要和有意义了。

最后，表现在对和谐的自然之美的追求。和谐的自然之美不仅体现在景物本身为欣赏者带来的和谐美感，更重要的是表现在自然与人文精神的和谐、自然与人物心理的和谐、自然与情节发展的和谐。例如骆宾基的《蓝色的图们江》中描写了图们江的两岸山水和谐的优美景色：

吉林省东部的高山丛中，有一条宽阔的流水，这就是作为朝鲜和满洲土著交界的图们江。

当你艰苦地攀上黑顶子山的峰顶，展现在你面前的近景，是图们江北岸的峡谷，这峡谷上的原始性的洋草，形成一片草的汪洋啊！波涛，那绿色的波涛，用怎样轻佻媚人的美姿波动啊！

你忘记了疲劳，忘记了峡谷两边还存在着披了密林的山岭，忘记了注意那绿林活了多少世纪，忘记了考察那每株巨干粗枝的白桦树是多大年龄；而且图们江岸那远景，又是怎样诱惑你呀！无尽止的草原，仿佛绿色的海呀！望不清是雾气还是烟尘，朦胧的、幽眇的、依稀可见的，是山岭形的起伏的紫色影子，然而你真的奔向那尽端去探取自然界的奥秘，那么你必须预备十天吃不完的干粮，而还要有一杆备有充分子弹的快枪。

那里的江水，是无声无息的，但远处一声鸟鸣，却又那么清楚，而且你能辨别出是呼唤它们的情侣还是预言天要起风。虽然这里是幽美的，而且空气又那么洁净。在你的眼睛和辽远的草原空间，没有一点尘气，然而仿佛感觉到空气里有种什么使你迷荡，使你神醉，不在色彩里，是在气息里……妖媚性地诱惑你呀！老远的草原有一块漂动了，接受爱情似的漂动，越来越近，你就知道一阵风经过这里了。

图们江的流水音韵，永远是那么单纯，使你感觉是双倍的寂静，若是这江水的单纯的流韵中跳出不同的音符，那么不是野鸭子在那儿沐浴，就是高腿鹭鸶投落在那儿捕鱼。它们短促地叫一下，那粗犷而豪爽的声音，更使你感觉到大草原的寂静。

《蓝色的图们江》是骆宾基带着失去故土的伤痛，在桂林这个大后方完成的。对于骆宾基这个积极投身抗日洪流的作家来说，对比了"从前"和"现在"的图们江两岸的外部景色和内部生活情况，指出，现在"从外形上看，你找不到一块白骨头哇！除了北岸的山峰和密林，一色是绿的大草原"！实际上，作者在这里抒发的是对以往图们江两岸和平、自然生存状态的怀恋，对如今蒿草底下充满杀机的憎恶。

《蓝色的图们江》中描写的神话时代早已过去，日本侵略者早已被赶出中国，但是，生命是延续的，人生是永恒的，人们对生命和人生的感悟也将伴随着永恒的生命和人生而长存下去。作为骆宾基抗战时期代表作之一的《蓝色的图们江》，以散文诗一样的语言，用现实主义与浪漫主义相结合的艺术手法，给我们描摹了一幅广阔优美的图们江两岸神秘的风俗画。作者的笔畅描于天界与凡界、神灵与人类之间，使读者一边听着动人的神话故事，一边感悟既神秘莫测又明白如画的生存哲理和人情世态。

《蓝色的图们江》所深含的内蕴，必将如同图们江蓝色的水流一样，推动着我们不断地带着绿色的希望去憧憬和追求更加美好的人生。

由此不难看出，在东北流亡作家的文学创作中，对于自然美的追求已经出现了多元化倾向。这一方面是因为他们对生于斯长于斯的东北大地有着深深的眷恋之情；另一方面，也体现出他们善于借助多元的景物描写来创造出适合人物性格和推动情节发展的环境和氛围。这样如诗如画的描写，对于作品的欣赏者而言，会产生身临其境、如痴如醉的审美体验。特别是这些富有浓郁地域特色的多元景色描写，更加凸显了东北流亡作家的创作个性和作品风格。

附录一

《呼兰河传》序

茅　盾

一

今年4月，第三次到香港，我是带着几分感伤的心情的。从我在重庆决定了要绕这么一个圈子回上海的时候起，我的心怀总有点矛盾和抑悒，我决定了这么走，可又怕这么走，我怕香港会引起我的一些回忆，而这些回忆我是愿意忘却的；不过，在忘却之前，我又极愿意再温习一遍。

在广州先住了一个月，生活相当忙乱；因为忙乱，倒也压住了怀旧之感；然而，想要温习一遍然后忘却的意念却也始终不曾抛开，我打算到九龙太子道看一看我第一次寓居香港的房子，看一看我的女孩子那时喜欢约了女伴们去游玩的蝴蝶谷，找一找我的男孩子那时专心致志收集来的一些美国出版的连环图画，也想看一看香港坚尼地道我第二次寓居香港时的房子，"一二·八"香港战争爆发后我们避难的那家"跳舞学校"（在轩尼诗道），而特别想看一看的，是萧红的坟墓——在浅水湾。

我把这些愿望放在心里，略有空闲，这些心愿就来困扰我了，然而我始终提不起这份勇气，还这些未了的心愿，直到离开香港，九龙是没有去，浅水湾也没有去；我实在常常违反本心似的规避着，常常自己找些借口来拖延，虽然我没有说过我有这样的打算，也没有催促我快还这些心愿。

二十多年来，我也颇经历了一些人生的甜酸苦辣，如果有使我愤怒也不是，悲痛也不是，沉甸甸地老压在心上，因而愿意忘却，但又不忍轻易忘却的，莫过于太早的死和寂寞的死。为了追求真理而牺牲了童年的欢乐，为了要把自己造成一个对民族对社会有用的人而甘愿苦苦地学习，可是正当学习完成的时候却忽然死了，像一颗未出膛的枪弹，这比在战斗中倒下，给人以不知如何的感慨，似乎不是单纯的悲痛或惋惜所能形容的。这种太早的死，曾经成为我的感情上的一种沉重的负担，我愿意忘却，但又不能且不忍轻易忘却，因此我这次第三回到了香港想去再看一看蝴蝶谷这意念，也是无聊的；可资怀念的地方岂止这一处，即使去了，未必就能在那边埋葬了悲哀。

对于生活曾经寄以美好的希望但又屡次"幻灭"了的人，是寂寞的；对于自己的能力有自信，对于自己工作也有远大的计划，但是生活的苦酒却又使她颇为悒悒不能振作，而又因此感到苦闷焦躁的人，当然会加倍寂寞；这样精神上寂寞的人一旦发觉了自己的生命之灯快将熄灭，因而一切都无从"补救"的时候，那她的寂寞的悲哀恐怕不是语言可以形容的。而这样的寂寞的死，也成为我的感情上的一种沉重的负担，我愿意忘却，而又不能且不忍轻易忘却。因此我想去浅水湾看看而终于违反本心地屡次规避掉了。

二

萧红的坟墓寂寞地孤立在香港的浅水湾。

在游泳的季节，年年的浅水湾该不少红男绿女吧，然而躺在那里的萧红是寂寞的。

在1940年12月——那正是萧红逝世的前年，那是她的健康还不怎样成问题的时候，她写成了她的最后著作——小说《呼兰河传》，然而即使在那时，萧红的心境已经是寂寞的了。

而且从《呼兰河传》，我们又看到了萧红的幼年也是何等的寂寞！读一下这部书的寥寥数语的"尾声"，就想得见萧红在回忆她那寂寞的幼年时，她的心境是怎样寂寞的：

　　呼兰河这小城里边，以前住着我的祖父，现在埋着我的祖父。

　　我生的时候，祖父已经六十多岁了，我长到四五岁，祖父就快七十了，我还没有长到二十岁，祖父就七八十岁了。祖父一过了八十，祖父就死了。

　　从前那后花园的主人，而今不见了。老主人死了，小主人逃荒去了。

　　那园里的蝴蝶、蚂蚱、蜻蜓，也许还是年年仍旧，也许现在完全荒凉了。

　　小黄瓜、大倭瓜，也许还是年年地种着，也许现在根本没有了。

　　那早晨的露珠是不是还落在花盆架上。那午间的太阳是不是还照着那大向日葵，那黄昏时候的红霞是不是还会一会儿工夫会变出来一匹马来，一会儿工夫变出来一匹狗来，那么变着。

　　这一些不能想象了。

　　听说有二伯死了。

　　老厨子就是活着年纪也不小了。

　　东邻西舍也都不知怎样了。

　　至于那磨坊里的磨倌，至今究竟如何，则完全不晓得了。

以上我所写的并没有什么优美的故事，只因他们充满我幼年的记忆，却忘不了，难以忘却，就记在这里了。

《呼兰河传》脱稿以后，翌年之4月，因为史沫特莱女士的劝说，萧红想到新加坡去。（史沫特莱自己正要回美国，路过香港，小住一月。萧红以太平洋局势问她，她说："日本人必然要攻香港及南洋，香港至多能守一个月，而新加坡则坚不可破，即破了，在新加坡也比在香港办法多些。"）萧红又鼓动我们夫妇俩也去。那时我因为工作关系不能也不想离开香港，我以为萧红怕陷落在香港（万一发生战争的话），我还多方为之解释，可是我不知道她之所以想离开香港因为她在香港生活是寂寞的，心境是寂寞的，她是希望由于离开香港而解脱那可怕的寂寞。并且我也想不到她那时的心境会这样寂寞。那时正在皖南事变以后，国内文化人大批跑到香港，造成了香港文化界空前的活跃，在这样环境中，而萧红会感到寂寞是难以索解的。等到我知道了而且也理解了这一切的时候，萧红埋在浅水湾已经快满一年了。

新加坡终于没有去成，萧红不久就病了，她进了玛丽医院。在医院里她自然更其寂寞了，然而她求生的意志非常强烈，她希望病好，她忍着寂寞住在医院。她的病相当复杂，而大夫也荒唐透顶，等到诊断明白是肺病的时候就宣告已经无可救药。可是萧红自信能活。甚至在香港战争爆发以后，火在死于炮火和死于病二者之间的她，还是更怕前者，不过，心境的寂寞，仍然是对于她的最大的威胁。

经过了最后一次的手术，她终于不治。这时香港已经沦陷，她咽最后一口气时，许多朋友都不在她面前，她就这样带着寂寞离开了这人间。

三

《呼兰河传》给我们看萧红的童年是寂寞的。

一位解事颇早的小女孩子每天的生活多么单调哇！年年种着小黄瓜、大倭瓜，年年春秋佳日有些蝴蝶、蚂蚱、蜻蜓的后花园，堆满破旧东西，黑暗而尘封的后房，是她消遣的地方；慈祥而犹有童心的老祖父是她唯一的伴儿；清早在床上学舌似的念老祖父口授的唐诗，白天儽着老祖父讲那些实在已经听厌了的故事，或者看看那左邻右舍的千年如一日的刻板生活，如果这样死水似的生活中有什么突然冒起来的浪花，那也无非是老胡家的小团圆媳妇病了，老胡家又在跳神了，小团圆媳妇终于死了；那也无非是磨倌冯歪嘴子忽然有了老婆，有了孩子，而后来，老婆又忽然死了，剩下刚出世的第二个孩子。

呼兰河这小城的生活也是刻板单调的。

一年之中，他们很有规律地过生活；一年之中，必定有跳大神、唱歌、放河灯、野台子戏、四月十八日娘娘庙大会这些热闹、隆重的节日，而这些节日也和他们的日常生活一样多么单调而呆板。

呼兰河这小城的生活可又不是没有音响和色彩的。

大街小巷，每一茅舍内，每一篱笆后边，充满了唠叨、争吵、哭笑，乃至梦吃，一年四季，依着那些走马灯似的挨次到来的隆重热闹的节日，在灰暗的日常生活的背景前，呈现了粗线条的大红大绿的带有原始性的色彩。

呼兰河的人民当然多是良善的。

他们照着几千年传下来的习惯而思索，而生活，他们有时也许显得麻木，但实在他们也颇敏感而琐细，芝麻大的事情他们会议论或者争吵三天三夜而不休。他们有时也许显得愚昧而蛮横，但实在他们并没有害人或害自己的意思，他们是按照他们认为最合理的方法，"该怎么办就怎么办"。

我们对于老胡家的小团圆媳妇的不幸的遭遇，当然很同情，我们怜惜她，我们为她叫屈，同时我们也憎恨。但憎恨的对象不是小团圆媳妇的婆婆，我们只觉得这婆婆也可怜，她同样是"照着几千年传下来的习惯而思索而生活"的一个牺牲者。她的"立场"，她的叫人觉得可恨而又可怜的地方，在她"心安理得地花了五十吊"请那骗子云游道人给小团圆媳妇治病的时候，就由她自己申说得明明白白的：

> 她来到我家，我没给她气受，哪家的团圆媳妇不受气，一天打八顿，骂三场，可是我也打过她，那是我给她一个下马威，我只打了她一个多月，虽然说我打得狠了一点，可是不狠哪能够规矩出一个好人来。我也是不愿意狠打她的，打得连喊带叫的我是为她着想，不打得狠一点，她是不能够中用的……

这老胡家的婆婆为什么坚信她的小团圆媳妇得狠狠地"管教"呢？小团圆媳妇有些什么地方叫她老人家看着不顺眼呢？因为那小团圆媳妇第一天来到老胡家就由街坊公论判定她是"太大方了""一点也不知道羞，头一天来到婆家，吃饭就吃三碗"，而且"十四岁就长得那么高"也是不合规律——因为街坊公论说，这小团圆媳妇不像个小团圆媳妇，所以更使她的婆婆坚信非严加管教不可，而且更因为"只想给她一个下马威"的时候，这"太大方"的小团圆媳妇居然不服管教——连哭带喊，说要回家去——所以不得不狠狠地打了她一个月。

街坊们当然也都是和那小团圆媳妇无冤无仇，都是为了要她好——要她像一个团圆媳妇。所以当这小团圆媳妇被"管教"成病的时候，不但她的婆婆肯舍大把的钱为她治病（跳神，各种偏方），而众街坊也热心地给她出主意。

而结果呢？结果是把一个"黑乎乎的，笑呵呵的"名为十四岁其实不过十二，可实在长得比普通十四岁的女孩子又高大又结实的小团圆媳妇活生生"送回老家去"！

呼兰河这小城的生活是充满了各种各样的声响和色彩的，可又是刻板单调。

呼兰河这小城的生活是寂寞的。

萧红的童年生活就是在这样的寂寞环境中过去的。这在她心灵上留的烙印有多深，自然不言而喻。

无意识地违背了"几千年传下来的习惯而思索生活"的老胡家的小团圆媳妇终于死了，有意识地反抗着几千年传下来的习惯而思索生活的萧红则以含泪的微笑回忆这寂寞的小城，怀着寂寞的心情，在悲壮的斗争的大时代。

四

也许有人会觉得《呼兰河传》不是一部小说。

他们也许会这样说，没有贯串全书的线索，故事和人物都是零零碎碎，都是片段的，不是整个的有机体。

也许又有人觉得《呼兰河传》好像是自传，却又不完全像自传。

但是我却觉得正因其不完全像自传，所以更好，更有意义。

而且我们不也可以说，要点不在《呼兰河传》不像是一部严格意义的小说，而在于它这"不像"之外，还有些别的东西——一些比"像"一部小说更为"诱人"些的东西：它是一篇叙事诗，一幅多彩的风土画，一串凄婉的歌谣。

有讽刺，也有幽默。开始读时有轻松之感，然而愈读下去心头就会一点一点沉重起来。可是，仍然有美，即使这美有点病态，也仍然不能不使你炫惑。

也许你要说《呼兰河传》没有一个人物是积极性的，都是些甘愿做传统思想的奴隶而又自怨自艾的可怜虫。而作者对于他们的态度也不是单纯的，她不留情地鞭笞他们，可是她又同情他们：她给我们看，这些屈服于传统的人多么愚蠢而顽固——有的甚至于残忍，然而他们的本质是良善的，他们不欺诈，不虚伪，他们也不好吃懒做，他们极容易满足。有二伯，老厨子，老胡家的一家子，漏粉的那一群，都是这样的人物。他们都像最低级的植物似的，只要极少的水分，土壤，阳光——甚至没有阳光，就能够生存了，磨倌冯歪嘴子是他们中间生命力最强的一个——强得使人不禁想赞美他。然而在冯歪嘴子身上也找不出什么特别的东西。除了生命力特别顽强，而这是原始性的顽强。

如果让我们在《呼兰河传》中找作者思想的弱点，那么，问题恐怕不在于作者所写的人物都缺乏积极性，而在于作者写这些人物梦魇似的生活时给人们以这样一个印象：除了因为愚昧保守而自食其果，这些人物的生活原也悠然自得其乐，在这里，我们看不见封建的剥削和压迫，也看不见日本帝国主义那种血腥的侵略。而这两重的铁枷，在呼兰河人民生活的比重上，该也不会轻于他们自身的愚昧保守吧？

五

萧红写《呼兰河传》的时候，心境是寂寞的。

她那时在香港几乎可以说是蛰居的生活。在1940年前后这样的大时代中，像萧红这样对于人生有理想，对于黑暗势力做过斗争的人，而会悄然蛰居多少有点不可理解。她的一位女友曾经分析她的消极和苦闷的根由，以为感情上的一再受伤，使得这位女诗人被自己的狭小的私生活的圈子所束缚（而这圈子尽管是她诅咒的，却又拘于惰性，不能毅然决然自拔），和广阔的进行着生死搏斗的大天地完全隔绝了，这结果是，一方面陈义太高，不满于她这阶层的知识分子们的各种活动，觉得那全是扯淡，是无聊，另一方面却又不能投身到农工劳苦大众的群中，把生活彻底改变一下。这又如何能不感到苦闷而寂寞？而这一心情投射在《呼兰河传》上的暗影不但见之于全书的情调，也见之于思想部分，这是可以惋惜的，正像我们对于萧红的早死深致其惋惜一样。

1946年8月于上海

附录二

《萧红小传》（节选）

骆宾基

不平凡的会见，平凡的结合

1932年的秋天，松花江洪水泛滥市区之前，当时的哈尔滨《国际协报》副刊编辑裴馨园收到了萧红的呼援信。于是这消息在当地进步思想阵营之间散布开了。署名三郎的诗人同时是散文作者的刘君，接受编辑老裴的委托，到萧红所困居的旅馆里做了首次的寻访。

这是一个不平凡的会见。这会见的实质就是两种战斗力的会合。

当时的刘君三郎就是日后的萧军，同样是一个都市的流浪者。同样在这社会上受着损伤和摧残。所不同的，只是和伙伴们共同在社会上占据了一个思想领域的阵地。这阵地就是他所有的"财富"。依据着这个堡垒，他和他的伙伴们出击、固守，给这损害人的古老社会的损伤力以损伤，同时又借以保存自己不至于被消灭。

我们可以想象到，当萧红，一个孤独的"散兵"失掉了所有的凭借，带着浑身的伤痕，而还是不屈于另外一个命运的安排的少女，正在期待着友军的援助的时候，突然听见叩门声，心是该怎样在激烈地跳着的。

是的，援军来了。

在她眼前出现的是一个青年。

萧军，方形的脸，眼睛含蓄着刚毅。这时候，那刚毅的神气是不见了，倒有些陌生的访问者所通常有的拘谨气息。但在萧红这一方，却为来访者那种豪气的握手所鼓舞了。这初见的欢快只有在为旧社会所损害而又不屈地给这社会以有力的反击，带着浑身伤痕的战士互相会见的那开始一瞬间，才能感觉到的。这欢快，表示着彼此没有给敌对势力所毁灭的慰藉，表示着本身战斗力又增强了的庆幸。而且这欢快也只有年轻的时候，充满蓬勃之力，并且是初入"战场"不久的人所特有的。

据说当时萧红是怀着胎的。一个孕妇式的体态，脸色苍白，而且眼光显着神经质是有着久经"敌区"生活的根源的。她要判断、侦伺，为着保护自己。然而对于这个青年，她是一开始就坦率地说明了她的一无凭借的处境。这是明明白白的，在同属一个阵营的友军面前用不到一丝的掩蔽。

因之，不久她和萧军的结合，是没有什么可稀奇的。

这是不平凡的会见，平凡的结合。

实际上，初次的会见，就已经是双方战斗气质的会合了，初次的接触就是战斗心魂的接触了。萧军一见面就说，他的生活同样破碎不堪，然而他们不管怎样困难，也要想法支持她离开旅馆，支持她在哈尔滨生活下去。可是终于连离开旅馆的钱也没有办法找到。据说，萧红是正值松花江水暴涨，洪水泛滥到哈尔滨市区的时候，旅馆的茶役等人都已各自四散逃难去了，她才独自逃出来的。逃出之后，就直接到按萧军留下的友人地址——《国际协报》副刊的主编人老裴的家里了。老裴的妻子黄淑英终于同意，把一间小屋子让出来，给萧军和他的女友住。从这里我们也可以知道，他们一开始所显示出来的彼此的天真、热情和真挚，是怎样地结合在一起了。

然而萧红离开东兴顺旅馆在裴家安顿下来不久，就要临产，这是一个已为父亲遗弃的婴儿。是的，她要有一个孩子了。

萧红在她的旅途上，遭遇了一个有力的阻碍，她必须要停下来，而且必须要通过。他们并没有积蓄，就这样，萧红被送进哈尔滨市立第一医院。

"她若是从此死去，我会杀了你"

萧红弥留期间会经常对守护她的友人C君说，她在哈尔滨生过一个女孩子，这孩子送给了人。她怀念地沉思着："但愿她在世界上很健康地活着。大约这时候，她有八九岁了，长得很高了。"

萧红的女友W女士说："民国二十一年（1932）秋后，听说她在哈尔滨市立第一医院生孩子，没钱出院，就在医院里冷冷清清地过了中秋节。后来，孩子就送给医院养活了。"W女士的亲友就是当时那医院的院长，这事情是从那院长家里听到的。而萧红死前所怀念的孩子，就是这个因为无钱付住院费而留在医院里的女孩子。这年深秋因为没有钱出不了院，从萧军1936年写的《为了爱的缘故》这一篇生活纪实性的小说上，也可以得到部分的证实。

萧红产后身体就衰弱下来了。头痛，脱发，这不能不说是这一两年的流浪而饥饿的生活所种的病根。一切衰弱的疾病，都在这时候显现出来了。

当萧军去看她的时候，她就感觉到害羞一般没有和他打招呼，只是让他坐在她身边。

她明明知道生病是平常的事，可是总要心酸，好像谁虐待了她似的。那样风雨的夜，那样忽寒忽热独自幻想着的夜。实际上，她也确实被虐待着，因为她交不出住院费，被医生冷漠，这不是一种难忍的虐待吗？

她向萧军诉苦："亲爱的，我不能再在这里忍受下去了！不独这枕头和床……就是连来一头苍蝇也要虐待我……"

每当她这样诉说的时候，那个倔强而刚毅的人，就感觉到那两只大眼睛就如同两颗过度成熟的葡萄似的，只要有阵风，那泪水就会流滴下来。

他向她劝慰："再忍耐几天吧！这里总比监牢好，比监牢强得多，也比出去好。这里又供给面包和牛奶，你若一个人吃不了，还可以藏起来留给我……你不能回家，回家就操劳，你非休息不可。"

他扶着她坐在临窗的椅子上。在日光下，他望着她那苍白的脸色，感觉到她像用骨质雕成的模型，既看不见血肉，也感不到她是在呼吸。

"我会死了吧?"她说，"我死了你就可以同他们走了。"这是指萧军可能到磐石的人民革命军里去的意向说的，萧军的沉默给她带来了不安，"为什么我不想死，为什么连死的梦也不做一个……为什么你尽是笑?"她用手遮蔽起他的望向窗外的眼睛，他就把她的手握住了，说："我在想，应该怎样活，并且活得要美!"

他说："你的头发又脱落了，白的可少了!"

"我不相信你——白的怎么能减少，不要给我宽心……我也不会悲悼失去了的青春。"

"偶尔白了几根头发算得了什么? 你的青春也并没失去呀!"

等到他要她到床去躺一躺的时候，她就感觉到他要走，他又要离开她。

她说："就放我在椅子上吧! 你可以走……我要看看天空。"

"还是……"

"不要管我……亲爱的，我累赘了你。"

"为什么要这样说……"他预备坐下来了。

"走吧!"最后萧红这样说了，"医院的庶务也许又要来向你要钱。"

"在我进门的时候，他们已经向我要过了。"

"你怎么说?"

"我说只要你好了总会给他们钱。"

"哪里来钱?"

"总会有办法……"最后他说,"最大,我请他们把我送进牢里去,坐两个月的监狱,总可以抵补了。"

这里有着爱的深沉,有着病的痛苦,这痛苦就是自然所给予的衰弱。再没有比在这里所显示的萧军的那种豪迈气质的可贵了,再没有比在这里所显示出来的萧红的软弱了,这软弱是由于身体的衰弱,这是不可抗的一种自然伤害。社会是借着这一自然的力量来击败她。这社会的病态,这资本主义独霸下殖民地性质的社会,再没有比这里的凶恶面目更显著的了,而且也是最平常的了。那就是即使官立医院,病人不管病得怎样重没有钱是不给医治的。这是平常的几乎使人们都认为是毫不足异的社会法则。这是比私人医院还可怕的。这种公立医院,缓和了本来矛盾着的资本主义社会与人民的冲突,冲淡了人民的憎恨,堵塞了这种资本主义社会的空隙。在半殖民地国家,它是资本主义社会的护身牌。因为这些挂着"市立"或"公立""市民"招牌的医院,到底是有些"慈善"性的,到底还比私人医院便宜。若是没有它的存在,那么又贫又病的人民被关在私人医院的大门外,这社会的面目不是太明显了吗?然而收容之后,这"仁慈"还是不彻底的。但它已经起了缓和作用,而且到底它还是属于这一社会的产物哇!

当萧军听见看护告诉他,从昨天他走了以后,她就一直临窗坐着,不知道坐了有多久,今早病就突然重了。于是,萧军匆忙地走进产妇室,听见她的呼叫,就说:"吟,我来了……"

"亲爱的,这回我……也许会死了……"

"不会死……我去找大夫……"

"不要离开我……不要离开我呀!"

"我去寻大夫……安心些……!"

大夫寻到了,然而在悠悠然然地下围棋,像正在艰难沉思布置战略阵地的将军一样，摸弄着他鼻下一撮浓黑的威廉式胡须，完全不理会萧军的恳求。他终于愤怒地推开了大夫的棋盘。大夫说他没有礼貌，说他一进门就该敲敲门；说不给病人看病是庶务的意思。庶务就说，现在医院里没有这样的医药，你们换个医院吧！还说这是大夫的意思。

萧军暴怒地向医生宣布："原来我要出院的时候你们不准走。现在我的病人重到这种地步，你们又要我换个医院！我向你说，如果今天你医不好我的人，她要是从此死去……我会杀了你，杀了你的全家，杀了你们的院长，你们院长的全家，杀了你们这医院所有的人……我现在等着你给我医——"

回来，他发晕似的倒在她的邻床上了。那个发慌的卑怯的医生，赶忙给病人打针、吃药。等到他从过度疲倦的昏沉中醒来，萧红是恬静的。他蹲在她的床边慰问，她用手抚摸他的前额和头发，说："亲爱的……这是你斗争的胜利……"

那时，刚毅的青年哭泣了。

离　院

当萧军寻找不到出院的费用，抱着双肩，坐在她床头上沉思的时候，她是那么爱护他，怕他过度地忧虑。"你去好了。"她说，"就住在这里过年好了。反正这里每天都有吃的，若是小孩子没有朋友收留，就寄放在这里好了。"

院方是很吃惊萧红这一措置的。产妇室里经常地有些床位空下来，又有一些待产妇填补上，而萧红却一直坦然地睡在床上。怎么？真是不想出院了吗？于是催问："你丈夫怎么还不接你出院哪，快过年了呀！我们过年都回家去了，院里可没有人招呼你了。"

萧红沉默着。

"问你呢！"

"问什么？"

"哎！问什么？"院方的事务人员说，"你不打算出院了呀！"

"我怎么不打算出院呢？你们说住院费不能缓几天付吗？"

"要过年了呀！"

萧红又沉默了。是的，实际上是要过中秋节。在萧红的散文里，除了节日改变为"过年"以加强气氛，一切都是真实的。普通产妇室内，已经冷落了。空虚的房间、空虚的床位，外面风声呼啸着，玻璃窗上有层薄膜一样，若是暖室，早就该挂一层霜了。但这里总还比朋友借给的那间小房温暖一些。只是气息日常是不洁的，有酒精味，有腥气。萧红这时候，想到她在祖父怀抱里的幼年，想到她的草园的夏日，那充满了各式甲虫、野花和蝴蝶的乐园。然而同时又想到在中央大街上和父亲遭遇时的那种冷峻而蔑视的眼光，她这些所有的温暖幻想，都冰冷了。她要哭，她转过头去，为了流出的眼泪，为了排出这悲哀的情绪。

不久，她终于充满生气地走出了医院。据说孩子就作为抵押品似的留在医院里了。

出院以后，他们两人仍然回到了友人F夫妇最初借给他们的那间小房子，离开不过两三周，但萧红却觉得很久很久了。

一收拾好，两个人就拥抱着了，吻着了。一切的艰苦，总算跨过来了。虽然周围还没有一条为他们所憧憬所发展的生路，这还得开辟；然而他们暂时是不管的。他们各自庆幸自己结合了一个作战的力量，并且使它和自己的力量相融解。在这里，萧红所拥抱着的，是一个都市里的流浪诗人，是一个反叛社会的青年；而萧军所吻着的，不单纯是一个少女，而是带有作为的一个为宗法社会所损伤的那种被迫害的实体。他们相互称呼彼此为"我的情人"。这"情人"在他们的意识上，是有着社会的内容做基础的。虽然他们自己当时也许并不明显地这样感觉到他们年轻，坦白而真挚地只从感觉上这么称呼。他们还没有去思维，他们完全沉醉在这爱的感觉上了。

这爱情，是属于生活实质的一部分，就是说它是寄托于思想意志的，而不是从属于情欲。在这里，情欲是次要的。因为在他们生活上，第一还是两个人对生路的开辟，不被顽强的半殖民地社会所阻塞，不被半封建社会所拦截。

有人轻蔑地说这种结合是"骑士式"的，然而这也只是他自己的轻薄的暴露。

然而这里也确实和一般青年男女的所谓恋爱的过程不同，这是早已说过了的。

一般的所谓恋爱是多部分离开了生活的土壤。爱情生活的贫乏，人生的脱节，离开生活的土壤，爱情就如飘在半空一样。彼此间的接触离开了思想实质，那么怎样来认识呢？这确实需要一个长的时期。这接触首先是形态的接触，而且离开思想实质也不得不是形态的注意，形态的观察，要从形态上来探讨那真实。就是那真实也划定了范围的，不是人生的真挚，而是"爱情"的真诚。因为本来就已经和人生脱节了。可是，还要在思想上认识那真实。而离开生活的土壤，这在形态下的实质也确实没有方法判断的。

于是彼此不相信任，彼此都还要表示着确已相爱，然而又要犹疑，而还要忸怩，彼此还要从离开人生的空幻中获得真诚的保证。那么，在这里自然的情欲是主宰。

因为彼此又确是在探讨那个离开了人生的"实质"从形态上去侦伺、观察，也只有从形态上去侦伺、观察。那么彼此也只有更加努力地注重形态了。描眉、涂红、谈吐、仪容，多半是自然学上的接触了。

因为离开人生，女的别无所恃；正因为别无所恃，于是异常珍贵自然而赋予的身体。而男的也实在是只在这身体的获得，这里逐渐又发生了自然和社会的矛盾。因为到底还是没有脱离开人生，畏怯着社会。矛盾大的，结果只有从自杀里获得信任，获得真诚的保证和解决；矛盾小的，彼此权且受主宰于自然而妥协，于是开始生活了，于是从生活里各自显示出本质来，于是叹息和哭泣。因为社会的矛盾在夫妻的生活关系上显示出来了。社会的不平衡，在这生活实践上透露了。在这时，情欲显得是薄弱无力的了。

萧红和萧军，最初就跨过了内心探讨的阶段，在思想行动上，他们是谐和的。

结 束 语

　　东北流亡作家是一个流亡作家群，也是一个文学流派。它形成的前提和根本原因是东北的沦陷。这一历史缘由是其他文学流派所不具备的。它不是因文学情趣相投而形成的文学团体，也并没有自己的文学组织，却被以"东北流亡作家"命名。它的形成，纯粹是历史推动的结果。东北流亡作家们有相同的地域和生活经历，所以不约而同地写出了内容和风格相同或相似的作品。

　　东北流亡作家的作品不必刻意追求创作主旨，因为在作家们心中已经刻上了民族的仇恨；他们也不必绞尽脑汁追寻什么创作风格，因为东北的地域和文化早就养成了他们的创作个性。应该说，在现代文学流派中，东北流亡作家是最具历史性和思想艺术价值的。

　　这样一个有独特价值的文学流派，本应在现代文学史中占据重要的位置，但我们遗憾地看到，现有的现代文学史中，对东北流亡作家的提及相当淡薄。原因很复杂，其中政治的历史的原因恐怕是最重要的原因。当年以萧军为代表的东北流亡作家，满怀希望地奔赴延安，追随革命。但到了延安以后，又暴露了知识分子对政治的理想化的弱点，几篇文章就断送了自己的政治生命，甚至是肉体生命。而且，对萧军等人的批判一直延续到了打倒"四人帮"之前。一个独具特色的文学流派没有得到相应的评价，实在不能不让人感到遗憾。

然而让人感到高兴的是，近几年来，东北流亡作家终于受到了学术界和研究者们的重视。相信对于东北流亡作家的研究一定会向着更系统、更完备、更细致的方向发展。

主要作家创作年表

萧军：

《跋涉》（小说、散文集）

署名三郎、悄吟。1933年10月哈尔滨五月画报印刷社代印，收萧军《桃色的线》《烛心》《孤雏》《这是常有的事》《疯人》《下等人》。

《八月的乡村》（长篇小说）

署名田军。1935年8月上海奴隶社初版，以容光书局名义发行。鲁迅作《序言》。末为作者《书后》。

《羊》（短篇小说集）

1936年1月上海文化生活出版社初版，收《职业》《樱花》《货船》《初秋的风》《军中》《羊》六篇，并《后记》。

《江上》（中短篇小说集）

1936年8月上海文化生活出版社初版，收中篇《鳏夫》，短篇《马的故事》《江上》《同行者》，共四篇，并作者《序》。

《绿叶的故事》（散文、诗集）

1936年12月上海文化生活出版社初版，收散文《绿叶的故事》等十篇，诗《血的羔羊》等二十九首，并作者《序》。

《第三代》（长篇小说）

第一、二部并作者《前记》，1937年2月上海文化生活出版社初版，全书四部，1957年6月以《过去的年代》由作家出版社初版，并作者《后记》。

《十月十六日》（散文、小说集）

1937年6月上海文化生活出版社初版，有作者《前记》，收散文《初夜》等八篇和短篇小说《为了爱的缘故》《四条腿的人》。

《涓涓》（中篇小说）

1937年9月上海燎原书店初版，有作者《前言》。

《幸福之家》（四幕话剧）

1940年5月重庆上海杂志公司初版。

《侧面》（旅行记）

1938年11月成都跋涉书店印行第一篇，全书三篇，1941年桂林泥土社印行，并作者《前记》。

《我的童年》（自传体回忆录）

连载于1947年6月1日至1948年7月15日哈尔滨《文化报》，1982年10月黑龙江人民出版社初版，并作者《前记》。

1949年后著作未录。

萧红：

《跋涉》（小说、散文集）

署名三郎、悄吟。收萧红短诗一首《春曲》，短篇小说《王阿嫂之死》《看风筝》《夜风》，散文《广告副手》《小黑狗》，共六篇。

《生死场》（中篇小说）

1935年12月上海奴隶社初版，以容光书局名义发行。鲁迅作《序言》，胡风作《读后记》。

《商市街》（散文集）

署名悄吟。1936年8月上海文化生活出版社初版，收《欧罗巴旅馆》等四十一篇，并郎华《读后记》。

《桥》（小说、散文集）

署名悄吟。1936年11月上海文化生活出版社初版，收短篇小说《桥》《手》，散文《小六》等，共十三篇。

《牛车上》（短篇小说集）

1937年5月上海文化生活出版社初版，收《牛车上》《家族以外的人》《红的果园》《孤独的生活》《王四的故事》五篇。

《旷野的呼喊》（短篇小说集）

1940年3月重庆上海杂志公司初版，收《黄河》《朦胧的期待》《旷野的呼喊》《逃难》《山下》《莲花池》《孩子的演讲》七篇。

《萧红散文》

1940年6月重庆大时代书局初版，收散文十七篇。

《回忆鲁迅先生》（散文）

1940年7月重庆妇女生活社初版。

《马伯乐》（长篇小说）

1941年重庆大时代书局初版，《续稿》1941年2月至11月连载于香港《时代批评》。1981年9月黑龙江人民出版社出版全本。

《呼兰河传》（长篇小说）

1942年桂林河山出版社初版。

《小城三月》（中篇小说）

1948年11月香港海洋书屋初版。

《萧红书简辑存注释录》（书信）

收萧红1936年7月至1937年5月致萧军书信四十二件。萧军注释，初刊于1979年《新文学史料》第三、四辑，1981年1月黑龙江人民出版社出版。

《萧红自集诗稿》

萧红自集1932年至1937年诗作六十首。1980年10月《中国现代文学研究丛刊》第三辑刊出。

《萧红全集》

1991年5月哈尔滨出版社出版，收小说四十一部，散文七十八篇，诗六十首，戏剧二部，书信五十三件，附录铁峰《萧红年谱》。

端木蕻良：

《憎恨》（短篇小说集）

1937年上海文化生活出版社初版。收《鴽鹭湖的忧郁》《爷爷为什么不吃高粱米粥》《遥远的风砂》《万岁钱》《雪夜》《浑河的急流》《吞蛇儿》《乡愁》《憎恨》《被撞破了的面孔》十篇，并《后记》。

《大地的海》（长篇小说）

1938年5月上海生活书店初版，有作者《后记》。

《科尔沁旗草原》（长篇小说）

1939年5月上海开明书店初版，有作者《后记》。

《风陵渡》（短篇小说集）

1939年12月重庆上海杂志公司初版，收《嘴唇》《青弟》《风陵渡》《螺蛳谷》《火腿》《泡沫》《轳下》《可塑性的》《三月夜曲》九篇。

《江南风景》（中篇小说集）

1940年5月重庆大时代书局出版，收《江南风景》（原名《蒿坝》）和《柳条边外》。

《新都花絮》（长篇小说）

1940年9月知识出版社初版。

《大江》（长篇小说）

1944年4月桂林良友复兴图书印刷公司初版。

1949年以后著作未录。

骆宾基：

《边陲线上》（长篇小说）

1936年作，1939年11月由上海文化生活出版社初版，署名骆宾基（以下作品凡未注明署名者，均署骆宾基）。

《救护车里的血》（报告文学）

1937年作，载1937年9月12日《烽火》第2期，初收1938年5月，上海文化生活出版社版《大上海的一日》。

《我有右胳膊就行》（报告文学）

1937年作，载1937年9月19日《烽火》第3期，初收1938年5月上海文化生活出版社版《大上海的一日》。

《在夜的交通线上》（报告文学）

1937年作，载1937年9月26日《烽火》第4期，初收1938年5月上海文化生活出版社版《大上海的一日》。

《难民船》（报告文学）

1937年作，载1937年10月10日《烽火》第6期，初收1938年5月上海文化生活出版社版《大上海的一日》。

《拿枪去》（报告文学）

1937年作，载1937年10月17日《烽火》第7期，初收1938年5月上海文化生活出版社版《大上海的一日》。

《大上海的一日》（报告文学）

1937年作，载1937年11月21日《烽火》第12期，初收1938年5月上海文化生活出版社版《大上海的一日》。

《一星期零一天》（报告文学）

1937年11月作，载1938年5月1日《烽火》第13期，初收1938年5月上海文化生活出版社版《大上海的一日》。

《失去暖巢的人们》（报告文学）

1938年作，初收1939年9月桂林烽火社版《夏忙》。

《落伍兵的话》（报告文学）

1938年4月作，初收1939年9月桂林烽火社版《夏忙》。

《在庙宇里》（报告文学）

1938年4月作，载1938年5月16日《文艺阵地》第1卷第3期，初收1939年9月桂林烽火社版《夏忙》。

《戏台下的风波》（速写）

1938年5月作，载1938年7月1日《文艺阵地》第1卷第6期，初收1939年9月桂林烽火社版《夏忙》。

《意外的事情》（报告文学）

1938年8月作，载1938年9月18日《文艺阵地》第1卷第11期，初收1939年9月桂林烽火社版《夏忙》。

《〈边陲线上〉后记》（散文）

1938年6月作，初收1939年11月上海文化生活出版社初版《边陲线上》。

《夜与昼》（散文）

1938年9月作，载1939年1月8日《鲁迅风》第2期，初收1939年9月桂林烽火社版《夏忙》。

《罪证》（中篇小说）

1938年冬作，以《水火之间》为题，载1940年7月文阵丛刊《水火之间》，又以同题载1940年8月文阵丛刊《论鲁迅》；以《被损害的人》为题，连载于1943年4月至9月《中学生》第62至67期，1946年8月由上海民声书店初版。

《诗人的忧郁》（速写）

1937年2月作，载1939年2月16日《文艺阵地》第2卷第9期，初收1939年9月桂林烽火社版《夏忙》。

《东战场别动队》（报告文学）

1938年冬至1939年春作，载1933年12月16日至1939年4月1日

《文艺阵地》第2卷第5、6、7、8、12期，1940年5月由上海大路出版公司初版。

《两只箱子》（报告文学）

1939年作，载1939年5月20日《鲁迅风》第14期。

《千人塔下的声音》（短篇小说）

1939年9月作，载1939年12月16日《文艺阵地》第4卷第4期，初收1947年东北书店版《一天的工作》。

《播种者》（散文）

1940年1月作，载1940年2月25日《刀与笔》第3期，初收1943年5月桂林创作出版社版《播种者》。

《纪念孙中山先生逝世十五周年》（论说文）

署名张普君。载《战旗》（革新号）第81期。

《关于宪政》（论说文）

署名金阳。载1940年3月15日《战旗》（革新号）第81期。

《欧洲和远东》（论说文）

署名金阳。载1940年3月25日《战旗》（革新号）第82期。

《七十五届议会后敌国国民将怎样生活》（论说文）

署名金阳。载1940年4月5日《战旗》（革新号）第83期。

《男女间》（中篇小说《吴非有》之一章）

1940年5月作，载1940年5月25日《现代文艺》第1卷第2期。

《吴非有》（中篇小说）

1940年4月至1941年2月作，载1941年7月15日至1942年1月10日《自由中国》新1卷第2至4期及1942年1月第5至6期合刊，1941年由桂林文化供应社初版。

《生与死》（短篇小说）

1940年2月作，载1941年4月20日《中学生》第42期，初收1943年5月桂林创作出版社《播种者》。

《寂寞》（短篇小说）

1941年作，1941年8月桂林文献出版社版，现实文丛之一，初收1981湖南人民出版社《骆宾基小说选》。

《鹦鹉和燕子》（童话）

1941年作，1946年9月桂林文化供应社初版，少年文库读物之一。

《人与土地》（长篇小说）

1941年作，载1941年9月至11月《时代文学》。

《仇恨》（中篇小说）

1941年秋作，部分原稿在太平洋战争中遗失，1943年初补写，载1941年11月至12月《笔谈》第5至7期；载1942年11月至12月《文化杂志》第3卷第1至4期；1944年6月以《一个倔强的人》为题，由福建永安东南出版社出版；1982年1月以《胶东的"暴民"》为题，收湖南人民出版社版《骆宾基小说选》。

《答读者》（书信）

1941年9月作，初收1943年5月桂林创作社版《播种者》。

《站在犀牛岭上》（游记）

1941年9月作，载1941年10月16日《笔谈》第4期；以《记犀牛岭》为题，收1943年5月桂林创作出版社版《播种者》。

《幼年》（《姜步畏家史》中之一章）

1941年秋作，载1941年11月15日《文艺生活》第1卷第3期；以《庄户人家的孩子》为题，载于1942年10月15日至1943年4月1日《人世间》第1卷第1至4期；初收1943年9月桂林远方书店《二十九人自选集》。

《生活的意义》（短篇小说）

1941年冬作，载1942年6月20日《文学报》第1期，初收1947年8月上海星群出版社版《北望园的春天》。

《萧红逝世四月感》（散文）

1942年5月作，载1942年7月20日《半月文萃》第1卷第3期，初收1945年5月桂林创作出版社版《播种者》。

《孤独》（散文）

1942年5月作，初收1943年5月桂林创作出版社版《播种者》。

《鸡鸣与狗吠》（散文）

1942年6月作，载1942年7月25日《文化杂志》第2卷第5期，初收1943年5月桂林创作出版社《播种者》。

《乡居小记》（散文）

1942年6月作，收1942年11月桂林华华书店版《雪山集》。

《周启之老爷》（短篇小说）

1942年9月作，载1942年11月15日《青年文艺》第1卷第2期。

《老爷们的故事》（短篇小说）

1942年10月作，载1942年12月15日《创作月刊》第2卷第1期；收1982年1月湖南人民出版社版《骆宾基小说选》。

《老女仆》（短篇小说）

1942年冬作，初收1947年8月上海星群出版社版《北望园的春天》。

《红玻璃的故事》（短篇小说）

1943年1月作，载1943年1月15日《人世间》第1卷第3期，初收1947年8月上海星群出版社版《北望园的春天》。

《读诗小记》（随笔）

1943年1月作，载1943年5月15日《青年文艺》第1卷第5期。

《萧红逝世一周年祭》（散文）

1943年3月作，载1943年3月15日《青年文艺》第1卷第4期。

《乡亲——康天刚》（短篇小说）

1943年春作，载1943年5月10日《文学报》第1卷第1期，初收1947年8月上海星群出版社版《北望园的春天》。

《北望园的春天》（短篇小说）

1943年作，载1943年10月1日《文学创作》第2卷第4期小说专号，初收1947年8月上海星群出版社版《北望园的春天》。

《幼年》（长篇小说《幼年》1至5章）

1942年至1943年作，载1943年10月15日至1944年4月1日《人世间》第1卷第1至4期，初收1944年5月桂林三户书店版《姜步畏家史》第一部《幼年》。

《一个唯美派画家的日记——当那幅油画诞生的时候》（短篇小说）

1943年作，载1944年1月1日《当代文艺》第1卷第1期，初收1982年12月湖南人民出版社版《骆宾基小说选》。

《蓝色的图们江》（中篇神话）

1943年作，载1943年7月1日至11月5日《文学杂志》创刊号至第1卷2期。

《三月书简》（随笔）

1943年作，载1944年4月1日《当代文艺》第1卷第4期，初收1982年10月江西人民出版社版《初春集》。

《一九四四年的事件》（短篇小说）

1944年4月作，载1944年6月15日《文学创作》第3卷第2期，初收1947年8月上海星群出版社《北望园的春天》。

《新诗和诗人》（论说文）

1944年作，初收1982年10月江西人民出版社《初春集》。

《幸运的人们——旅途小记》（速写）

1944年作，载1944年7月10日《新华日报》第4版。

《冬天》（长篇小说《幼年》之一章）

1944年作，载1944年9月《抗战文艺》第9卷第3、4期合刊，初收1944年5月桂林三户书店版《幼年》。

《红旗河上的新年》（长篇小说《幼年》之一章）

1944年作，载1944年9月《青年文艺》新1卷2期，初收1944年5月桂林三户书店版《幼年》。

《在学校里》（长篇小说《幼年》之一章）

1944年作，载1944年10月10日《青年文艺》新1卷3期，初收

1944年5月桂林三户书店版《幼年》。

《端午节》（长篇小说《少年》之一章）

1944年秋作，载1944年11月15日《时与潮文艺》第4卷第3期。

《大风暴中的人物——评丁玲的〈我在霞村的时候〉》（评论）

1944年作，载1944年12月《抗战文艺》第9卷第5、6期合刊，初收1982年10月江西人民出版社版《初春集》。

《窝棚》（长篇小说《幼年》之一章）

1944年作，载1945年5月《文哨》第1卷第1期。

《少年》（长篇小说《少年》中之一章）

1944年作，载1945年6月25日《文艺杂志》新1卷第1、2期合刊及1945年9月15日《文艺杂志》新1卷第3期。

《一个坦白人的自述》（短篇小说）

1945年作，载1945年12月《希望》第1集第1期，初收1947年8月上海星群出版社版《北望园的春天》。

《秋收》（长篇小说《少年》之一章）

1945年作，载1945年12月11日《文萃》第10期。

《萧红小论——纪念萧红逝世四周年》（短论）

1946年1月作，载1946年1月22日《新华日报》第4版。

《一个奉公守法的官吏》（短篇小说）

1945年1月作，载1946年1月23日《新华日报》第4版，初收1953年6月上海新文艺出版社版《北望园的春天》。

《论感伤》（论说文）

1946年1月13日作，初收1982年10月江西人民出版社版《初春集》。

《贺大杰的家宅》（短篇小说）

1946年作，载1946年3月15日《文讯月刊》新3号第6卷第3期，初收1947年8月上海星群出版社版《北望园的春天》。

《〈罪证〉后记》（序跋）

1946年7月19日作，初收1946年8月上海民声书店版《罪证》。

《可疑的人》（短篇小说）

1946年6月作，载1946年8月《文艺复兴》第2卷第1期，初收1981年湖南人民出版社版《骆宾基小说选》。

《氤氲》（长篇小说《少年》中的一章）

1946年作，载1946年6月10日至15日《清明》第2至4期。

《地主之家》（长篇小说《少年》之一章）

1946年作，载1946年8月15日《文艺复兴》第3卷第2期。

《萧红小传》（传记）

1946年秋作，载1946年11月14日至1947年1月1日《文萃》第6至11期，1947年上海建文书店初版《萧红小传》。

《〈萧红小传〉后记》（序跋）

1946年11月19日作，初收1947年7月上海建文书局版《萧红小传》。

《由于爱》（短篇小说）

1947年1月作，载1947年4月20日《同代人文艺丛刊》第1集，初收1953年6月上海新文艺出版社版《北望园的春天》。

《姜仰山的农舍》（长篇小说《少年》之一章）

1947年作，载1947年2月15日《文艺春秋》第4卷第2期。

《下屯去》（长篇小说《少年》之一章）

1946年至1947年作，载1947年7月1日《文艺复兴》第1期。

《五月丁香》（话剧）

1946年至1947年作，1947年8月上海建文书局初版。

《给C君》（诗）

1947年1月作，载1947年1月14日《人公报》。

《海上人间》（报告文学）

1947年初作，载1947年3月《人世间》复刊第1期。

《我欢呼，我怀念，我又担心呀!》（诗）

1949年4月22日作，载1949年4月27日香港《大公报》。

《读毛泽东和朱德的总攻击令》（诗）

1949年4月23日作，载1949年4月25日香港《文汇报》。

《虐杀者与战士》（杂文）

1949年4月11日作，载1949年4月14日香港《大公报》副刊，初收1982年10月江西人民出版社版《初春集》。

《马小贵和牛连长》（短篇小说）

1950年作，初收1953年6月上海新文艺出版社版《北望园的春天》。

《纪念高尔基，学习高尔基》（散文）

1950年6月作，载1950年6月18日《青岛日报》，初收1982年10月江西人民出版社版《初春集》。

《替身寡妇竖牌坊》（民间故事）

署名羽衣。1950年6月作，载1950年7月15日《山东文艺》第1卷第2期。

《张保洛的回忆》（短篇小说）

1950年8月5日急就章，载1950年9月15日《山东文艺》第1卷第4期，1951年山东人民出版社初版《张保洛的回忆》。

《国庆大典观礼记》（速写）

1950年10月作，载1950年10月15日《山东文艺》第1卷第5期。

《有理由自豪，但并不满足》（杂文）

1950年12月作，载1951年2月1日《山东文艺》第2卷第2期。

《我们带回来的是什么?》（散文）

1951年1月作，载1951年1月13日《大众日报》，初收1982年10月江西人民出版社版《初春集》。

《故事新写》（故事）

署名金羽。1951年3月1日作，载1951年3月《群众文艺》第3卷第5期。

《英雄气概与生产艺术家》（杂文）

1951年作，载1951年4月1日《山东文艺》第2卷第3、4期合刊，初收1982年10月江西人民出版社版《初春集》。

《纪念民盟先烈的几句话》（散文）

署名一民。1951年作，载1951年7月15日《大众日报》，初收1982年10月江西人民出版社版《初春集》。

《王妈妈》（短篇小说）

1952年1月至3月作，载1953年5月《人民文学》第5期，初收1953年12月人民文学出版社版《王妈妈》。

《夜走黄泥岗》（短篇小说）

1953年10月作，载1953年12月《人民文学》第12期，初收1963年10月作家出版社版《山区收购站》。

《旅途》（短篇小说）

1953年10月作，载1953年6月《人民文学》第5期，初收1956年11月作家出版社版《年假》。

《年假》（短篇小说）

1954年3月作，载1954年4月《人民文学》第4期，初收1956年11月作家出版社版《年假》。

《略谈契诃夫》（短论）

1954年6月作，载1954年7月《人民文学》第7期，初收1982年10月江西人民出版社版《初春集》。

《交易》（短篇小说）

1954年11月至12月作，载1955年8月《人民文学》第3期，初收1956年11月作家出版社版《年假》。

《父女俩》（短篇小说）

1955年作，载1956年10月《人民文学》第10期，初收1956年11月作家出版社版《年假》。

《以往和未来》（杂文）

1957年初稿，载1957年4月24日《文艺报》第3号。

《老魏俊与芳芳》（短篇小说）

署名张怀金。1957年3月作，载1957年4月《人民文学》第4期，初收1958年8月作家出版社版《老魏俊与芳芳》。

《关于饲养员给狗咬伤的问题》（短篇小说）

1957年8月作，载1958年《收获》第1期，初收1958年8月作家出版社版《老魏俊与芳芳》。

《黄昏以后》（短篇小说）

1957年10月8日作，载1957年11月《人民文学》第10期；以《黄昏》为题，初收1958年8月作家出版社版《老魏俊与芳芳》。

《月出》（短篇小说）

1957年10月8日至1958年2月1日作，载1958年2月20日《北京文艺》第2期，初收1963年10月作家出版社版《月出》。

《夜归》（短篇小说）

1957年10月8日至1958年2月1日作，载1958年3月1日《新港》第2、3期合刊，初收1958年8月作家出版社版《老魏俊与芳芳》。

《夜晚》（短篇小说）

1957年11月7日作，载1958年1月《人民文学》第1期，初收1958年8月作家出版社版《老魏俊与芳芳》。

《半夜》（短篇小说）

1958年1月18日作，初收1958年8月作家出版社版《老魏俊与芳芳》。

《六月的早晨》（短篇小说）

1958年2月17日作，初收1958年8月作家出版社版《老魏俊与芳芳》。

《从王府井大街所见而想起的》（随笔）

1958年初作，载1958年2月《人民文学》第2期，初收1982年10月江西人民出版社版《初春集》。

《午睡的时候》（短篇小说）

1958年3月15日作，初收1958年8月作家出版社版《老魏俊与芳芳》。

《〈老魏俊与芳芳〉后记》（序跋）

1958年3月作，收1958年8月作家出版社版《老魏俊与芳芳》。

《〈萧红选集〉后记》（序跋）

1958年作，收1958年12月人民文学出版社版《萧红选集》，署名编者。

《十年，奔驰了百年的路》（诗）

1959年夏作，载1959年10期《北方文学》国庆特大号。

《抗联四军的"童年"》（传记体报告文学）

1959年夏作，载1959年7月至8月《北方文学》第7至8期，初收1979年6月黑龙江人民出版社版《过去的年代》。

《疾风知劲草》（传记体报告文学）

1960年春作，1960年2月至3月《北方文学》第2至3期，初收1979年6月黑龙江人民出版社版《过去的年代》。

《响应号召，持续跃进》（杂文）

1960年春作，载1960年4月5日《北方文学》第4期。

《社员之家》（电影文学剧本）

1960年作，载1960年5月5日《北方文学》第5期和6月5日《北方文学》第6期。（与陈桂珍、丛深合著）

《少年英雄何畏》（传记体报告文学）

1960年春作，载1960年5月29日《黑龙江日报》第3版。

《争取做红色文艺工作者》（杂文）

1960年夏作，载1960年9月5日《北方文学》第9期。

《黑龙江大合唱》（歌词）

1960年作，载1961年1月15日《黑龙江日报》。（与严辰、逯斐等合著）

《在大跃进的日子里》（报告文学）

1960年10月20日作，载1961年1月《哈尔滨文艺》新年特大号；刘长义口述，骆宾基整理；以《当轧钢厂在香坊诞生的时候》为题，初收1982年10月江西人民出版社版《初春集》。

《轻工业中一枝花》（报告文学）

1960年作，初收1982年10月江西人民出版社版《初春集》。

《白衣指挥者和十六条生命》（报告文学）

1960年12月4日作，初收1982年10月江西人民出版社版《初春集》。

《山区收购站》（短篇小说）

1961年5月作，载1961年7月20日《人民文学》第7、8期合刊，初收1963年10月作家出版社版《山区收购站》。

《富饶迷人的黑河》（散文）

1961年作，1961年11月5日《北方文学》11月号，初收1982年10月江西人民出版社版《初春集》。

《航行在黑龙江上》（散文）

1961年11月25日作，初收1982年10月江西人民出版社版《初春集》。

《"燕子峡"外》（散文）

1961年作，初收1982年10月江西人民出版社版《初春集》。

《大车轱辘和家具》（短篇小说）

1961年作，1962年1月12日《人民文学》第1期；以《初冬》为题，收1963年10月作家出版社版《山区收购站》。

《草原上》（报告文学）

1962年1月作，载1962年2月24日《人民日报》，初收1963年10月作家出版社版《山区收购站》。

《高举毛泽东旗帜前进》（杂文）

1962年1月作，载1962年6月5日《北方文学》第6期。

《白桦树荫下》（短篇小说）

1962年作，载1962年7月12日《人民文学》第7期，初收1963年10月作家出版社版《山区收购站》。

《暴雨之后》（短篇小说）

1962年7月作，载1962年8月《北京文艺》第8期，初收1963年作家出版社版《山区收购站》。

《"东北"号江轮上》（散文）

1962年8月10日作，初收1982年10月江西人民出版社版《初春集》。

《一九六二年秋天在苇河》（报告文学）

1962年作，载1963年1月12日《人民文学》第1期，初收1982年10月江西人民出版社版《初春集》。

《春天的报告》（报告文学）

1963年春作，载1963年4月24日《人民日报》第6版，收1963年人民日报出版社人民日报报告文学选集《春天的报告》。

《〈山区收购站〉后记》（序跋）

1963年5月作，载1963年6月4日《北京文艺》第6期，初收1963年10月作家出版社版《山区收购站》。

《结婚之前》（话剧）

1963年至1964年作，载1964年11月20日《剧本》第11期。

《东北的冬天》（散文）

1963年作，载1964年2月《人民画报》第2期，初收1982年10月江西人民出版社版《初春集》。

《六十自述》（自传体散文）

1977年10月作，初收1980年5月人民义学出版社版《骆宾基短篇小说选》。

《我的创作历程》（自传体散文）

1977年底至1979年春作，初收1980年5月人民文学出版社版《骆宾基短篇小说选》。

《〈过去的年代〉后记》（序跋）

1978年10月31日作，初收1979年6月黑龙江人民出版社版《过去的年代》。

《生死场，艰辛路——萧红简传》（传记）

1979年7月20日作，载1980年1月《十月》第10期，初收1982年10月江西人民出版社版《初春集》。

《悼冯雪峰同志》（散文）

1979年作，载1979年10月《鸭绿江》第10期，初收1982年10月江西人民出版社版《初春集》。

《我们处在百花争妍的春天》（诗）

1979年11月作，1979年11月24日再整理，载1979年12月9日香港《文汇报》；以《我们如处春天》为题，初收1982年10月江西人民出版社版《初春集》。

《从〈诗经〉看殷周三世婚姻关系》（论说文）

1979年作，载1980年6月《柳泉》创刊号。

《写在孔厥著〈灯塔〉出版之前》（序跋）

1979年12月29日作，载1980年《文艺理论研究》创刊号，初收1982年10月江西人民出版社版《初春集》。

《中国新考古学发掘系统的辉煌贡献》（札记）

1980年6月30日作，初收1982年10月江西人民出版社版《初春集》。

《紫禁城内有待重新开垦的古文化领域》（小品文）

1980年6月30日作，初收1982年10月江西人民出版社版《初春集》。

《珍贵的青铜彝器》（小品文）

1980年作，载1980年《紫禁城》第2期。

《关于〈金文新考〉的报告》（报告）

1980年春作，载1980年11月15日《学习与探索》第6期。

《写在〈萧红选集〉出版之前》（序跋）

1980年作，载1980年7月《长春》第7期，初收1982年10月江西人民出版社版《初春集》。

《〈萧红小传〉修订版自序》（序跋）

1980年6月4日作；以《〈萧红小传〉订正版前记》为题，载1981年《新苑》第2期；初收1981年11月黑龙江人民出版社版《萧红小传》。

《美学家——吕荧之死》（散文）

1980年9月5日作，载1980年10月4日香港《文汇报》，初收1982年10月江西人民出版社版《初春集》。

《镜泊湖畔》（电影文学剧本）

1980年10月作，载1981年12月6日《电影创作》第12期。

《初到哈尔滨的时候》（散文）

1980年11月作，载1981年2月15日《哈尔滨日报》，初收1982年10月江西人民出版社版《初春集》。

《致蒋天佐的信》（书信）

1980年12月28日作，载1981年5月《学习与探索》第3期。

《〈诗经·关雎〉长句新解（上篇)》（论说文）

1980年作，载1981年1月《百花洲》第1期。

《关于我的报告文学及其他——〈诗文自选集〉编后记》（序跋）

1980年秋作，载1981年3月《文艺理论研究》第1期。

《古金文"羊角"是族称》（论说文）

1981年1月作，载1981年1月30日《北京日报》。

《〈骆宾基小说选〉后记》（序跋）

1981年1月作，初收1981年1月湖南人民出版社版《骆宾基小说选》。

《骆宾基复宫尾正树先生的信》（书信）

1981年3月16日作，载1981年6月《江城》第6期。

《〈幼年〉自序》（序跋）

1981年3月18日作，载1981年5月14日《文学报》，初收1982年3月文化艺术出版社版《幼年》。

《悼念茅盾先生》（散文）

1981年4月作，载1981年4月12日《北京日报》。

《与茅盾先生第一次见面的前后》（散文）

1981年春作，载1981年7月《中国建设》第30卷第7期。

《茅盾先生题签〈金文新考〉的附记》（散文）

1981年春作，载1981年8月《北京文学》第8期。

《太平洋战争爆发之后》（散文）

1981年春作，载1981年6月《北方文学》第6期，初收1982年10月江西人民出版社版《初春集》。

《多读、多看、多写》（书信）

1981年3月26日作，载1981年11月26日《文学报》。

《〈诗·绵〉篇新解》（论说文）

1981年9月作，载1982年9月20日《学术研究》第5期。

《戈悟觉著〈记者和她的故事〉序》（序跋）

1981年10月作，载1982年8月10日《奔流》第8期。

《杞伯姬与杞叔姬为隔世之婆媳非同辈之姊妹说》（论说文）

1982年5月作，载1982年8月1日《中小学语文教学》（青海师院中文系编）第8期。

《僖公五年载"杞伯姬来朝其子"新解》（论说文）

1982年5月28日作，载1982年9月1日《中小学语文教学》（青海师院中文系编）第9期。

《庐山行——仙人洞外》（诗）

1982年作，载1982年11月《百花洲》第6期。

《庐山行——盘山道上》（诗）

1982年作，载1982年11月《百花洲》第6期。

《关于作者——柳溪长篇〈功与罪〉代序》（序跋）

1982年作，载1982年7月15日《天津日报》。

《关于〈镜泊湖畔〉的信》（书信）

1982年作，载1982年8月6日《电影创作》第8期。

《重读〈边陲线上〉有感》（散文）

1982年7月4日作，载1982年10月25日《丑小鸭》第10期。

《晋与周非兄弟之族说——以〈史记〉所载"文公之命"记〈春秋左传〉已为伪笔所篡改》（论说文）

1982年作，载1982年11月1日《中小学语文教学》（青海师院中文系编）第11期。

《晋与周非兄弟之族说——以〈史记〉所载"文公之命"证〈春秋左传〉已为伪笔所篡改》（论说文）

1982年作，载1982年12月15日《中小学语文教学》（青海师院中文系编）第12期。

《怀念郭沫若，师承其创新精神》（散文）

1982年11月16日至12月8日作，载1983年3月15日《社会科学》第3期。

《八十年代一座农业里程碑》（报告文学）

1982年10月作，载1983年7月《百花洲》第4期。

参考文献

［1］车文博. 意识与无意识［M］. 沈阳：辽宁人民出版社，1987.

［2］陈传才. 中国20世纪后20年文学思潮［M］. 北京：中国人民大学出版社，2001.

［3］陈鸣树. 文艺学方法论［M］. 上海：复旦大学出版社，2004.

［4］《东北现代文学史》编写组. 东北现代文学史［M］. 沈阳：沈阳出版社，1989.

［5］杜显志，薛传芝. 高下文野之别——对两个小说流派相近审美追求的辨析［J］. 郑州大学学报（哲学社会科学版），1995（6）.

［6］杜显志，薛传芝. 阳刚之美：东北作家群的审美追求［J］. 延边大学学报（社会科学版），1996（4）.

［7］韩文敏. 现代作家骆宾基［M］. 北京：北京燕山出版社，1989.

［8］何西来. 文艺大趋势［M］. 长沙：湖南文艺出版社，1987.

［9］贺惟. 萧红小说的美学思想［J］. 云南师范大学学报（哲学社会科学版），2002（34）.

［10］胡经之. 文艺美学［M］. 北京：北京大学出版社，1999.

［11］蒋广学，赵宪章. 二十世纪文史哲名著精义［M］. 南京：江苏文艺出版社，1992.

［12］李继凯. 文学与地域文化［J］. 民族艺术，1998（4）.

［13］刘再复. 性格组合论［M］. 上海：上海文艺出版社，1986.

［14］敏泽.《中国美学思想史》（第一卷）［M］.济南：齐鲁书社，1987.

［15］逄增玉.黑土地文化与东北作家群［M］.长沙：湖南教育出版社，1995.

［16］彭立勋.美感心理研究［M］.长沙：湖南人民出版社，1985.

［17］萨特.存在与虚无［M］.陈宣良等，译.北京：生活·读书·新知三联书店，1987.

［18］滕守尧.审美心理描述［M］.北京：中国社会科学出版社，1985.

［19］童庆炳.文学理论教程［M］.北京：高等教育出版社，2004.

［20］童庆炳.文学活动的美学阐释［M］.西安：陕西人民出版社，1989.

［21］王建中，白长青，董兴泉.东北现代文学研究论文集［C］.沈阳：辽宁大学出版社，1986.

［22］王向峰.《手稿》的美学解读［M］.沈阳：辽宁大学出版社，2004.

［23］谢应光.中国现代诗学发生论［M］.北京：中国文联出版社，2005.

［24］邢富君.从荒原走向世界——东北文学论［M］.大连：大连海运学院出版社，1992.

［25］徐复观.中国艺术精神［M］.沈阳：春风文艺出版社，1987.

［26］许道明.中国现代文学批评史新编［M］.上海：复旦大学出版社，2002.

［27］薛华.黑格尔与艺术难题［M］.北京：中国社会科学出版社，1986.

［28］叶继群.论骆宾基小说的家园与寻根意识［J］.韶关学院学

报（社会科学版），2004（25）.

　　［29］叶朗. 中国小说美学［M］. 北京：北京大学出版社，1982.

　　［30］易健德. 美学知识问答［M］. 长沙：湖南大学出版社，1987.

　　［31］张秉真，章安祺，杨慧林. 西方文艺理论史［M］. 北京：中国人民大学出版社，1994.

　　［32］张毓茂. 东北新文学论丛［M］. 沈阳：沈阳出版社，1989.

　　［33］周宪. 审美现代性批判［M］. 北京：商务印书馆，2005.

　　［34］朱立元. 当代西方文艺理论［M］. 上海：华东师范大学出版社，2005.